I0612401

IRLANDA EN EL CORAZÓN

CUENTOS DE

SEAMUS SCANLON

EDICIÓN Y ESTUDIO PRELIMINAR

CARLOS VELÁSQUEZ TORRES PH.D.

artepoética press

NUEVA YORK, 2017

Title: Irlanda en el corazón
Original English Title: *As Close As You'll Ever Be: Stories* by Seamus Scanlon

ISBN-10: 1940075041
ISBN-13: 978-1-940075-04-4

Design: © Ana Paola González
Cover & Image: © Jhon Aguasaco
Author's photo by: © María Providencia Casanovas
Editor: Carlos Velásquez Torres
E-mail: carlos@artepoetica.com
Mail: 38-38 215 Place, Bayside, NY 11361, USA.

Contenido

La colección completa fue publicada en inglés por Cairn Press LLC con el título *As Close As You'll Ever Be* (2012).

Los cuentos a continuación han ganado premios o han sido publicados con anterioridad:

"La hierba alta y mojada" fue ganador del premio Fish One-Page y fue publicado por primera vez en *The Fish Anthology*, 2011.

"Francotirador adolescente" fue publicado en *The Lineup 3* (2010).

"La balada de la navaja mariposa" ganó el Concurso Nuevo escritor del año de Over the Edge, 2010 y fue publicado como "Lucy Block Waited" en *The Review of Post Graduate English Studies* (2011).

Apartes de "Infectado" fueron publicados en *Promethean 37*, 2010 bajo el título "Galway über Alles".

"Recuerda" fue publicado en parte en *The Review for Post Graduate English Studies* (2004).

"Recolecta" fue publicado en *Crimespree Magazine* (2012).

"Sin excepciones" fue publicado en *The Crime Factory* bajo el título "House of Pain", (2012).

"Mi bella, bravía y bestial Belfast" ganó el premio de cuento corto *Gemini Magazine* 2011 y fue publicado en línea (2011).

La bella, bravía y bestial prosa de Seamus Scanlon

Cada vez que un libro nuevo llega a nuestras manos, y me refiero a las de nosotros los lectores, se genera un aura de expectativa si no de misterio. La tarea de presentar ese libro a quienes amablemente se detienen unos minutos en la palabras preliminares implica una gran responsabilidad puesto que lo que se diga allí puede influir de diversas maneras en el lector, a diferencia de lo que sería una lectura más desaprensiva, no influida por opiniones ya emitidas o pensadas de antemano. Así pues, teniendo en cuenta esto, y sin la menor intensión de guiar la lectura hacia uno u otro derrotero, me propongo compartir algunas de las apreciaciones que pude colegir del contacto con los cuentos de Seamus Scanlon en el proceso de edición de esta colección. En primer lugar, y como el lector se dará cuenta al disfrutar de su inmersión en este universo, la narrativa de Seamus Scanlon tiene un carácter fuerte como sus personajes. La narración no se regodea en descripciones minuciosas. No, por el contrario, Scanlon va al momento crítico, al punto, como un navajazo que debe ser certero y que parte la realidad en el mismo momento del acto. Por lo tanto, la fuerza narrativa está condensada y es potente, se libera como la detonación de un arma de fuego y cruza el breve espacio entre el cañón y la víctima de manera inmediata y brutal. Esta precipitación, sin embargo, no significa falta de cuidado al construir la historia. Por el contrario, es parte consubstancial de la misma y es absolutamente coherente con el universo que contiene el mundo literario de este autor irlandés.

Sumado a ello, debo mencionar algunos motivos que estructuran el universo mencionado anteriormente. En *Irlanda en el corazón*, se reúnen un pliegue y despliegue, en términos Leibnizianos, de la Irlanda de nuestra época, esa Irlanda que no sólo vive en conflicto con Inglaterra sino que también se posa en las calles vertiginosas y demenciales de Boston o Nueva York. Así, esta idea de lo irlandés es la base sobre la cual los personajes de los diferentes cuentos se desplazan como carros de un tren que han de colisionar ineludiblemente contra la realidad, esa realidad que es el mundo en donde la patria real, la ocupada o la exiliada se han aferrado. De esta manera, dentro de estas Irlandas que coexisten en diferentes espacios y tiempos, los personajes de Scanlon habitan, pero lo hacen, no de manera desapercibida, lo hacen soportando en sus espaldas todo el peso de esa madre Irlanda que vive sublimada en cada uno de sus conflictos. Esta realidad histórica de país real se convierte en el devenir mismo de la vida de los personajes, ya sea como escenario de la lucha política anti-ocupacionista, la guerra de pandillas o el crimen organizado. La presencia de este imaginario es crucial en la construcción de todos los cuentos de este libro. Y es que, como lo ha de descubrir el lector, Irlanda misma se convierte en una madre que convive con la parte oscura de los personajes, ya sea en las urbanizaciones de interés social en Galway, las calles de Belfast o en la marginalidad de Nueva York. La madre Irlanda omnipresente, ya como nostalgia que conduce a la tragedia, ya como mujer real que tiene que velar por unos hijos sin padre. Una Irlanda, madre solitaria o abusada, refugiada en su triste historia, abnegada como la enfermera de un barrio de bajos ingresos o como la huraña presencia femenina que se retrae del mundo como respuesta a la violencia histórica y estructural de la que ha sido objeto.

La madre como personaje o como presencia perenne en la existencia misma de los demás personajes ha de ser elemento germinal del andamiaje narrativo de esta colección de cuentos. Esto se puede apreciar en el comportamiento de los actores (actantes si los denominamos con rigurosidad) y su distribución, si se me permite espacial, en las diferentes historias. Tomemos como ejemplo a los niños. Esta madre sufre en silencio, ya sea la viudez, el abandono, la pobreza o la soledad; esta mujer, cabeza de familia, de carácter fuerte es, sin embargo un ser retraído. No hay canal de comunicación directo entre la madre real que siente y sus hijos. El espacio de la casa por lo tanto es un universo de tensión donde el centro gravitatorio es inalcanzable pero ejerce una fuerza colosal sobre los chicos; por tal razón, se produce ese juego de caídas al vacío tan recurrentes en muchos de los cuentos. Víctor, uno de los personajes, entra en estados de éxtasis cuando se lanza al espacio. Es el juego doble del escape de la gravedad con la fuerza del salto pero con la ineludible caída posterior hacia el centro gravitatorio. Los personajes de estas historias se desenvuelven dentro de esta dinámica de fuerzas en tensión. Ya sea la dinámica del escape gravitatorio, el salto al vacío, el placer de la caída o el irredimible encuentro con el suelo. En la vida adulta, el juego conlleva un peligro mayor puesto que la figura de la madre se diluye y sublima en otras instancias que mantienen ese doble juego de acogimiento y peligro. Me refiero a las dinámicas de asociaciones al margen de la ley. Y no puede ser de otra manera puesto que éstas funcionan con un marcado sesgo maternal.

En su trabajo *The Time of the Tribes. The Decline of Individualism in Mass Society*, Michel Maffesoli analiza cómo las tribus urbanas se organizan de acuerdo a una dinámica relacionada con la pandilla, con la mafia. De esta manera, los individuos juran lealtad a la pandilla y esta los acoge como si fueran miembros de su familia; no obstante, la mafia no perdona la deslealtad y el quebrantamiento de sus códigos; la transgresión de los mismos implica la expulsión de la tribu, sea ésta legal como un club de golf, o ilegal, como lo sería una banda de criminales. Vemos que la pandilla misma funciona como una madre que acoge pero que es implacable con los traidores y funciona así puesto que la supervivencia de la organización (familia) depende exclusivamente del aporte y lealtad incondicional de sus miembros. En este esquema de pandilla-madre, el presente libro nos describe cómo el espacio urbano, agresivo con los individuos los lleva a ser miembros de una organización con estructuras similares; ya sea el IRA, la delincuencia común, o las calles plagadas de cabezas rapadas. La violencia palpitante en los cuentos de Seamus Scanlon es absolutamente lógica y consecuente con esta dinámica. La transgresión de los códigos explícitos o nunca dichos conlleva a la expulsión de la institución acogedora, esa madre sublimada. Así, la agresión a ella, como los ataques contra la madre personaje en algunas historias conllevan a la eliminación del agresor, en las historias que involucran adultos, la traición desemboca en la muerte, ejecutada ésta por un miembro de la organización, es decir un hermano.

Esta idea de familia extendida se incorpora a la concepción de las diferentes agrupaciones o tribus a las cuales se han afiliado los personajes. A partir de este esquema básico, veremos entonces que la tensión entre lo femenino y lo masculino es el motor de las relaciones y conflictos en las historias que componen este libro. La presencia femenina inherente a la estructura que acoge demanda acciones determinadas, puntuales y eficaces por parte de los actores que se ven sometidos a buscar el equilibrio de fuerzas en este universo. Así, la violencia descarnada, es una salida desesperada por equilibrar un mundo en constante desplazamiento y pérdida de estabilidad. En este sentido, lo masculino y lo femenino nada tendrían que ver con relaciones de género, no obstante la comisión de la violencia se dé por la acción de personajes hombres. Al referirme a masculino-femenino o viceversa, me refiero a las polaridades que ejercen su influencia sobre la totalidad de los actores y agentes al interior de las historias. Como vemos, la expresión de la violencia es necesaria en el universo interior de la obra de Scanlon. Más allá de la denuncia implícita de la realidad social y política en determinados contextos, cosa que es evidente en un primer nivel de lectura, la violencia estructural corresponde a toda cuna conformación orgánica de la propuesta narrativa de Seamus Scanlon. Por lo tanto, las historias contadas en esa colección conllevan la coherencia inherente a las grandes producciones estéticas, más allá de las implicaciones sociales, políticas o culturales que se puedan inferir de las mismas.

Este ha sido un muy breve análisis de los elementos más importantes que he podido escoger entre la riqueza exuberante de la obra de Scanlon. Pudiera extenderme mucho más ya que se pueden escribir muchos ensayos críticos, tanto de los cuentos individuales como de la colección en sí misma. Ahora es tiempo de dejar que quien tiene este libro en las manos lo disfrute y sea parte de la **Bella, bravía y bestial prosa de Seamus Scanlon**. Buen provecho.

Carlos Velásquez Torres, Ph.D.
Assistant Professor
Department of Languages and Culture
New Mexico Highlands University

La hierba alta y mojada

La resonancia de los neumáticos contra la carretera mojada es un mantra fuerte y uniforme. Los limpiaparabrisas apartan la lluvia con lentos arcos rítmicos hacia la oscuridad circundante. La lluvia cae fuerte y uniforme, luego en ráfagas que me recuerdan a Galway cuando era niño y los vientos del Atlántico lanzaban las frondas rotas de algas marinas sobre el paseo durante pleamar. Antes de que la armonía de muerte de Belfast me sedujera.

El viento intenta seguirnos de cerca, pero continuamos navegando. El asfalto de un negro resbaloso continúa su canto bajo nosotros. Desaceleramos y torcemos hacia un camino de tierra. La limpieza del ritmo se ha roto. Los haces de las luces largas trazan los altos juncos que al borde del camino se mecen al ritmo del viento. Ya no hay luces de carros que vengan de frente.

Nos detenemos en un claro. Abro la puerta. El conductor mira atrás, hacia mí. La lluvia es relajante sobre mi cara. Los acres vapores de la gasolina me confortan. La luna permanece escondida detrás de negras y pesadas nubes. Abro el maletero.

Apenas puedes ponerte de pie luego de haber estado tendido, acurrucado por horas. Después de un rato te puedes parar derecho. Retiro la cinta adhesiva de tu boca y aspiras el aire fresco. Aspiras los vapores. Me miras. No ruegas. No lloras. Eres valiente.

Te tomo por el brazo y te alejo de la carretera hacia un terreno, lejos del carro, de los otros. La pistola en mi mano apunta hacia el piso. Me detengo. Beso tu mejilla. Levanto la pistola. Te disparo dos veces arriba en la sien. Los halos de luz te consagran. Caes. La lluvia corre a apartar tu sangre. Hago disparos al aire. Los cartuchos expulsados rebotan lejos de mí.

Camino de regreso al carro y te dejo tendido sobre la hierba alta y mojada.

Traducido por Álvaro de Prat

Rob

Mi hermano Rob leía libros de anatomía mientras todavía estaba en bachillerato. Él era un gran triunfador. Me mostraba fotos de heridas de navaja, ahorcamientos, amputaciones, enfermedades cardíacas y pulmones podridos por el cáncer. "No fumes ni por el putas, ¿bueno?" —me advertía.

Las fotos no me importaban, pero odiaba cómo olían los libros. Sentía que habían sido puestos sobre mesas de disección y estado en contacto con innumerables virus y otros agentes patógenos todavía sin descubrir.

—Cielos, mira esos putos tumores cerebrales. — Decía. — ¡Qué mierda!

Él sacaba a escondidas estos libros de la biblioteca médica de la universidad por la noche, caso que se había publicado en el *Galway Advertiser*. Yo recorté la historia y la mantuve con la colección de libros del Vietcong y de nemotecnia que él se robaba para mí. Él era un ladrón bibliófilo. Yo lo esperaba en la plaza del Palacio de Justicia mientras se subía a los árboles por el lado de la biblioteca y saltaba desde una rama hasta el techo. Cuando bajaba de regreso, corríamos por las calles en el frío de la madrugada como ninjas juveniles. Durante las vacaciones de verano, él trabajaba en el incinerador del hospital regional donde partes de cuerpos eran lanzadas a las llamas después de las cirugías, y al olvido. Era el olvido lo que quería para su propia vida, pero no lo consiguió sino hasta mucho más tarde.

Nuestra urbanización era tan dura como el frío, ásperas paredes de concreto de las casas. Los Serpientes Cascabel patrullaban las calles locales y a veces las llenaban de sangre. Atacaban inesperadamente, como ocultas caballerías sarracenas que se precipitaban desde posiciones escondidas. A menudo sentía que podían correr más que sus víctimas pero mantenían su distancia para provocar la máxima tensión. Los Serpientes Cascabel eran cetrinos, bronceados y musculosos. Parecían apaches, pero los apaches reales eran más misericordiosos que nuestra variedad local. Tratábamos de mantenernos corriendo hasta que nos dolían los costados y cualquier rastro de autoestima se había esfumado. Cuando nos atrapaban luchábamos como condenados, y eso es lo que éramos. Ellos atacaban sin palabras, sin perder el aliento, graciosa e instintivamente como talentosos guerreros urbanos. Los Serpientes Cascabel eran peleadores callejeros con tendencias exhibicionistas. La lucha callejera es primigenia ya que ocurre en un entorno urbano y lo último que se espera es un retroceso a algún detonante del tronco encefálico primitivo (recogí algo del léxico de Rob). Eran cabezas rapadas que usaban Doc Martens, chaquetas, y llevaban chicas en sus brazos, y navajas ocultas en los tobillos mientras patrullaban las calles con pastores alemanes. Parecían impactantes, y eso es lo que hacían. Admiraba su crueldad, su arrogancia, la ligereza de sus cuerpos y especialmente a sus chicas.

Además de anatomía topográfica, Rob estudiaba patología forense, psicología forense y en su tiempo libre otros temas relacionados, como etiqueta de la morgue. Hablaba muy poco, casi nunca. Fue examinado por la facultad de psicología pero había llegado a dominar de memoria las clasificaciones del *Manual de Diagnóstico y Estadisticas de los Desórdenes Mentales* puesto que sobresalió durante la sesión de una hora asignada por la escuela. Tienen que mejorar esos exámenes o por lo menos a los examinadores.

Una vez que Rob se graduó del bachillerato, donde su intenso fuego intelectual había comenzado a quemar las sinapsis, aprobó la entrevista y los exámenes de ingreso y se matriculó en la escuela de medicina. Teníamos que mantenerlo en secreto. Incluso mi madre reconoció el peligro de filtrar ésto. Rob tenía que hacer creer a los Serpientes de Cascabel que todavía trabajaba en la sala del incinerador del hospital. Asistir a la universidad y estudiar carreras profesionales era mal visto por ellos, y si sospechaban que no se seguía al pie de la letra el manual de trabajo criminal uno era atacado. En cambio, había una discriminación positiva hacia la pelea callejera, el atraco y el robo de autos. Detenían a Rob en la calle y le preguntaban: "¿Así que todavía trabajas en el jodido Regional? ", mientras que un pastor alemán le olfateaba las piernas.

—Sí.

—¿y cómo es eso?

—Está bien.

Se reían.

—¿Alguna posibilidad de conseguirnos algo por ahí?

—Voy a preguntar.

Pero nunca lo hacía y ellos tampoco lo esperaban.

—Está bien. Nos vemos, doctor.

Todos se reían y corrían por la carretera; sus botas de puntas metálicas sonaban contra el pavimento mojado, sus pastores alemanes corriendo como los sabuesos de Cuchulainn, aleteando las chaquetas, sus novias rapadas corriendo a su lado, la mirada al frente, fija, conformes con su propia búsqueda de lo físico y del olvido.

Cuando tenía once años y mi hermano dieciséis, lo acompañé a terminar una pelea que comenzó en la escuela. Jamás lo había visto tan agitado. Yo estaba nervioso porque estaba fuera de sí. No quería que fuera con él, pero insistí. Entré al dormitorio mientras se alistaba para salir.

—¿Adónde vas?

—A ninguna parte.

—A ninguna parte ¿dónde?

—No importa

— No importa que no importe. ¿Adónde?

— No es lejos.

—¿Qué tan lejos?

—¡Cielos, deberías ser un puto policía!

—Policía, nada. ¿Adónde vas?

Uno de los compañeros de clase lo había llamado marica.

—Que se joda—, le dije.

—Precisamente. Eso es lo que voy hacer.

—No. Quiero decir que se joda y que lo olvides. ¿A quién le importa?

—A mí me importa.

—Quiero decir que no vale la pena.

—A veces vale la pena.

¡Mierda! No estaba logrando nada.

Miró por la ventana.

—Vamos a esperar hasta más tarde, dijo. —Demasiada luz todavía.

Se acuclilló en el suelo, con la espalda contra la pared, con su abrigo puesto y tarareaba para sí mismo. Alzó la mano y apagó la luz. Después de una hora, cuando oscureció, se puso de pie.

—Está bien. — Dijo.

Salimos por el jardín trasero. Rob llevaba un rencor inamovible y yo tenía la preocupación de perderlo si lo atrapaban. Si eso pasaba, yo estaría volando a ciegas. De verdad, yo estaba allí tan sólo como una autoimpuesta influencia restrictiva. Rob era bueno en anatomía, en álgebra, en derivadas, incluso en integrales, sólo que él no era de los del tipo social. Quería evitar que la versión del desastre del Hindenburg de pelea callejera ocurriera, al menos si dependiera de mí.

Caminamos hasta el final del jardín y salimos por la puerta de madera. Había un callejón detrás de las casas que reduciría nuestra exposición a los vecinos, aunque estaba lloviendo tanto que las calles estaban desiertas. Paramos brevemente para mirar la sombra de una chica que estudiaba en el dormitorio de un piso de arriba. Él miró hacia allá durante unos cinco minutos. No dije nada porque pensé que eso podría distraerlo y, con suerte, abandonaría la misión. Sólo dejé que la lluvia corriera por mi cuello y esperé. Quería lo mejor.

—¿La ves? Finalmente dijo.

—Sí.

Pensé que iba a comentar acerca de sus glándulas mamarias (yo tenía un gran vocabulario para ser chico) o algo similar, ya que éste era el único tipo de referencia que había escuchado de los muchachos de la escuela sobre las chicas. Yo sabía que ella era una americana que se había mudado con sus padres a Galway y que estaba en la clase de Rob.

—Ella es hermosa.— Dijo.

Pausa.

—Ella es verdaderamente encantadora.— Añadió.

Después de otra pausa, me miró.

—Algún día ella me puede hablar.

¡Cielos! ¡Romeo vive! —pensé.

—Vamos—dijo. Miré arriba por última vez y traté de imaginar una chica con senos y sesos. Eso era mucho para comprender.

Seguimos andando hasta que llegamos al final de los jardines traseros; miramos la calle para asegurarnos de que no había tráfico y luego corrimos agachados a otro callejón en una avenida adyacente. Cuándo llegamos a la casa de su ofensor, le pregunté: ¿Estás seguro?

Él asintió. Lo seguí por el sendero del jardín en más de un sentido. Tocó a la puerta, hubo movimiento dentro de la cocina, luego escuchamos girar la llave en la cerradura.

El padre del acusado abrió la puerta. Nos miró un poco asustado, pero cuando me vio se relajó. ¿Cuánto daño podía hacerle? Estaba oscuro. Éramos sólo sombras. El chorro de luz saliendo de la puerta trasera iluminaba los raudales de la lluvia en capas constantes. Nos limpiamos el agua de los ojos.

—¿Qué están haciendo en la puerta de atrás?

—Intentamos por la puerta principal y no hubo respuesta.

—Bueno, ¿qué quieren?

—¿Está Tim?

Rob había apodado a Tim "cara de rana" por su apariencia. Ahora podía ver de dónde la obtuvo.

—Él no puede ser molestado.

—¿Puedo verlo por un segundo? Es sobre la tarea.

—No, me temo que no puedes. Tendrás que esperar hasta mañana. ¿Puedo darle tu mensaje?

Hubo una pausa mientras mi hermano lo consideraba.

—Sí, le puede dar esto.

Rob giró hacia un lado para acumular la máxima fuerza en su golpe y, agarrando el mango con ambas manos, lanzó el hacha de mano que había llevado escondida desde nuestra casa sin yo saberlo, en un amplio arco hacia el rostro de papi cara de rana. Lo hizo con tanta fuerza que la hoja se atascó en el cráneo. Rob intentó sacar el hacha, pero no pudo. Finalmente, el hombre cayó de rodillas y rodó llevándose a Rob con él hasta el suelo empapado. Se desplomó de manera tan brusca que Rob terminó atrapado debajo de él. Yo estaba casi lloriqueando en ese momento. Tenía la esperanza de que los conocimientos de Rob sobre anatomía hubieran guiado su golpe para producir el máximo terror y el mínimo daño, pero debe haber entrado en pánico o de lo contrario nunca se le hubiera ocurrido algo así. Siempre pensé que yo sabía lo que él estaba pensando, pero casi nunca hablaba y me tocaba suponer.

Lo saqué de debajo del caído padre.

—¡Dios, qué gruesa es la cabeza de este tipo!— Dijo Rob. —Se atascó toda. No puedo moverla.

Atascada cagada, pensé. Me encogí de hombros.

Él puso al hombre de espaldas en el suelo y tuvo que pararsele en el pecho para, finalmente, liberar la hoja. Nadie vino a la puerta de atrás, lo que fue un milagro, ya que estábamos haciendo mucho ruido. Tim debe haber estado estudiando hasta el culo.

—No está muerto.— Dijo Rob mientras se ponía pálido. Estaba sudando y temblaba. Yo sabía que debía tomar el control. Me arrodillé a lado de la herida para verla mejor.

—Es lo más cerca de lo que pueda estar— le dije.

Tuve que jalar a Rob para hacerlo mover. No dejaba de

decir ¡Dios, Dios, Dios! Yo estaba diciendo lo mismo, pero por diferente razón.

—¡Rob, cálmate! Estaba entrando en pánico. Parecía como en estado de shock. Si estuviéramos en la línea frontal de la Primera Guerra Mundial, él habría sido dado de baja al amanecer. Le agarré el brazo para llevarlo a casa. De regreso, nos mantuvimos por los callejones y sólo nos detuvimos unos minutos frente a la casa de la chica americana. Él miró fijamente hacia la habitación y temblaba por el frío y la conmoción.

—Vamos, puto idiota. — Dije.

No dormimos muy bien esa noche. Cada vez que cerraba mis ojos, veía el terror de la cara del padre "cara de rana". Mi hermano estaba tirado encima de la cama con el hacha en sus manos, como un príncipe medieval sosteniendo un báculo en la parte superior de un adornado ataúd. Lavamos el hacha en el camino de regreso así que no había manchas en el dormitorio. No pude sacársela de las manos, así que se la dejé. La luz de la luna relució en la hoja durante la noche.

Justo antes del amanecer, Rob se quedó dormido. Cuando oí a mi madre que se acercaba por las escaleras, tomé el hacha y la puse debajo de la cama. Le coloqué en su pecho el libro *Enfermedades de la piel a través de los siglos*. Mi madre nos miró y no dijo nada. Fingí estar dormido. Echó un vistazo a la parte superior del armario desde donde salto hasta la cama cada noche, pero ella nunca me ha atrapado en el acto. Sentí que estaba tratando de reconstruir los arcos y los vectores de mis vuelos mirando la plataforma de lanzamiento. Cerró la puerta y me quedé despierto por unas cuantas horas, pensando en la caída libre, las hachas y silueta de la chica perfilada en la ventana. Nos levantamos tarde y no hablamos de la noche anterior. Me lancé del armario durante un rato mientras mi hermano leía.

Escuchamos las *Noticias Matutinas* de RTE sobre el ataque al papá de "cara de rana" y supimos que todavía estaba vivo. Él no estaba tan cerca como lo pensé.

—Ese hijo de puta tiene el cráneo más grueso de la historia, si me lo preguntan. — Le dije a Rob.

Nos enteramos que el tipo se podría recuperar completamente y por suerte tenía amnesia. No nos conocía en todo caso, pero había riesgo. Rob me miró durante la transmisión. Estaba en shock. Nunca creyó que la realidad fuera tan perturbadora. Pude ver su alivio por la indulgencia. Eso reforzó su convicción por estudiar patología forense y para aislarse aun más de la interacción social.

Pocos días después, los Gardaí[1], fueron a la escuela y hablaron con los compañeros de "cara de rana", incluyendo a Rob. Después de un examen psicólogico hecho por la escuela, no hubo problema para la policía local. Rob había recuperado la compostura y dijo como coartada que había estado en casa conmigo y con nuestra madre toda la noche. Cuando fueron a la casa, creí que era uno de esos visitantes inoportunos, entonces corrí por la casa en mi misión evasiva sin que ella siquiera me lo dijera. Cuando me llamó para que bajara, se veía preocupada y dijo que había dos detectives que querían hablar conmigo y que no me preocupara, ella iba a estar allí.

—Hola, hijo— dijo el viejo Garda pelirrojo cuando entré a la sala.

—Mi nombre es Víctor— dije.

Se veía desconcertado por el tono de mi reacción. El otro se echó a reír.

—Buena esa— dijo el segundo Garda, un policía joven con ojos brillantes.

El más viejo miró su cuaderno.

—Pensé que tu nombre era James.

—Lo es, pero también es Víctor.

—Él prefiere Víctor— mi madre agregó. —Es su cómic preferido.

—¡Cielos, qué raro! Bien, Víctor, siéntate aquí a mi lado.

—Prefiero estar de pie si no le importa.

—¡Víctor siéntate! dijo mi madre.

---

1   Garda Síochána na hÉireann más conocida como Gardaí es la es la institución de policía nacional de la República de Irlanda. (Nota del traductor)

Me senté.

—¿Vic, cómo va la escuela?— me preguntó el pelirrojo.

—Mi nombre es Víctor— le dije.

—Él es un poco particular, con su nombre— se disculpó mi madre.

—Está bien, Víctor, de once años y un cuarto. ¿Puedes decirme dónde estabas el doce?

—¿El doce de qué?

—El doce de este mes, hijo de p...— se aclaró la garganta. —Lo siento, doña.— Se dirigió a mi madre. El viejo estaba perdiendo los estribos.

Mi madre estaba sonriéndole al detective más joven por eso se perdió la palabrota.

—Ya sabes. Anoche un loco hijo de p... chico atacó al Sr. Reck.

—Pensé que tenía amnesia—, le dije.

—Tiene, pero se acuerda de algunas cosas. Entonces, ¿dónde estabas?

—Yo estaba aquí.

—¿Quién más estaba acá?

—Mi hermano Rob y mi mamá.

—¿Estás seguro?

—Sí.

—¿Por qué estás tan seguro?

—Porque Rob nunca sale, excepto para ir a la escuela y nunca de noche.

—¿Y tu madre?

—¿Qué pasa con ella?

—¿Ella sale?

—¿Creen que ella lo hizo?

—¿Dijiste que ella estaba acá también?— interrumpió el Garda joven.

—Pensé que fue un chico el que rompió al Sr. Reck— le dije.

—Sólo tienes que responder la pregunta— chasqueó el viejo.

—Mi madre nunca sale de noche a menos que sea a las

clases de la tarde o para acostar a los muertos.

—¿Qué?

—Mi madre es enfermera. Ella les ayuda a los vecinos a arreglar a los muertos, etcétera.

—¡Oh!

Los dos se pusieron de pie. El más viejo me miró.

—No más preguntas.

—¿Debo permanecer en la ciudad?— le pregunté.

—Muy gracioso.

El más joven me guiñó un ojo mientras se iban. También le guiñó a mi madre. Tal vez se trataba de su ambliopía, pero no lo creo. El mayor se volteó en la puerta.

—Podríamos volver.

Pero nunca regresaron.

Traducido por Carlos Velásquez Torres

Francotirador adolescente

Sobre el cálido piso de una terraza, un francotirador adolescente dispara y el sol del verano relampaguea contra las colinas de Belfast por última vez ese día mientras la noche le apunta a las luces de la ciudad.

Un soldado cae. Una bala de rifle con punta hueca de cobre atraviesa su chaqueta de combate, taladrando y vertiéndose por su cuerpo hasta que no puede continuar.

Está tendido sobre la húmeda carretera irlandesa. Los ojos entrecerrados. La oscura sangre arterial va manchando el asfalto. Las colinas de Belfast se desvanecen lentamente.

Traducido por Álvaro de Prat

Asesinato con escopeta

Pateó la puerta hacia adentro. Integré el sonido de la madera que se astillaba con la escena de un bosque –un relámpago que alcanzaba un alto roble–. Dormía la borrachera en el sofá. La cama era más cómoda, pero no la había podido encontrar la noche anterior. Mi cerebro se sentía mal por no haber reactivado mi cuerpo a tiempo para alzar la pistola.

La pateó sobre el piso de madera. Se deslizó como una bala sobre el agua.

Me pateó en la cara. El árbol me cayó encima. Me deslicé a la inconsciencia.

Usaba zapatos con punta de acero: "el único hombre con que cuentas", los llaman en Irlanda.

Cuando desperté, tenía presionado el cañón contra mi sien.

Temple Dee…

Temple Dum…

Olí la sangre de un irlandés. La mía.[2]

—¿Sabes lo que eres? me preguntó.

Me encogí de hombros. Me dolió. Un manantial de sangre rojinegra brotaba de mi nariz y boca. Aún podía sentir el sa-

---

2 Juego de palabras intraducible que alude a personas que son muy semejantes en sus actos y apariencias. "Temple": "sien", en lugar de "Tweedledum" y "Tweedledee", los personajes ficticios de una canción de cuna inglesa popularizados en la novela de Lewis Carroll, A través del espejo (esa novela cuyo desarrollo es en cierta forma también un "espejo" de Alicia en el país de las maravillas). (Nota del traductor)

bor del acero a través de la sangre. A nivel de torque, le puso bastante presión por pie cuadrado a esa patada.

No me gustó.

No me gustaba él.

No rogué ni titubeé.

Después de todo, había matado a su padre.

¿Preocuparme? Tal vez me convenía.

¡Jesús! Debo tener una lesión cerebral, pensé. Lo que ni siquiera rima, salvo un poco.

—¿Qué puedo hacer por ti? Le pregunté.

—¿Qué puedes hacer por mí…? ¡Qué bien! ¿Te crees que eres tan listo?

—Se ha dicho.

—No sería yo.

—Es verdad.

—Bueno, ¿y qué me vas a decir antes de que te saque volando tu distinguido cerebro por la parte de atrás de tu cabeza?

—Él se lo buscó.

—Y tú te lo buscaste.

Le creí.

—No era un tipo agradable, ¿sabes?, tu padre.

—No importa. Era mi padre. Por eso es que importa.

—Él sabía los riesgos.

—¿Qué riesgos?

—Está muerto, ¿no? Yo diría que ese es un alto riesgo.

—Y tú pronto le vas a hacer compañía.

Le creí.

—Se estaba tomando libertades.

—Tú te estás tomando libertades.

—Mira, él sabía cómo era todo.

—No se merecía doce plomazos de una escopeta recortada.

¡Jesús! Esto ya estaba sonando como un duelo de poesía, o algo así. Alcé la mirada para verlo.

—Yo no uso escopetas.

—Pero vi su cuerpo. Le habían volado la cabeza.

—No uso escopetas. No es elegante. Para eso mejor usas una bazuca.

—Eso es lo que yo usaría, le dije, apuntando hacia la esquina del cuarto donde la pistola centelleaba sobre el piso pulido como una pieza de joyería en la media luz.

Se volteó a mirar.

Halé la escopeta recortada que tenía bajo el cojín. Me vio, pero ya era muy tarde. Giró sobre sí mismo y se la empujé debajo la barbilla.

Disparé y cayó en picada salpicando sangre.

Le había arrancado la cabeza.

Me sentí enfermo.

Creo que fue la bebida.

Traducido por Álvaro de Prat

Caída libre

La primera vez que sucedió tenía diez años. Sentí cómo una fuerza que me agarraba y me corría por el cuerpo desde la corona. La energía, la urgencia y la fuerza se apoderaban de mí. Apenas podía resistir. Estaba parado en lo alto de la escalera y supe que quería volar hasta el primer peldaño. Sentí que sería capaz de hacerlo después de todos los años de práctica saltando desde el armario a la cama, pero vacilé.

En vez de eso empujé a mi prima, Susan, que estaba parada a mi lado. No recuerdo haberlo hecho. Generalmente entraba y salía de un estado de fuga cuando el deseo de saltar era tan fuerte. Lo que sí recuerdo es que ella gritó al volar en un arco grácil, como si fuera hacia su ángel de la guarda y tal vez él la atrapó porque sobrevivió. Su cuerpo flexible quedó todo amoratado pero no se rompió ningún hueso. Susan, la caidista.

Pero su psiquis no sobrevivió intacta. En su adolescencia y ya como adulta, ella se causó a sí misma y a su familia muchos problemas. Lo último que supe fue que se estaba preparando para ser sacerdote en una oscura rama de la iglesia Católica.

Siempre evitó nuestra casa a raíz de ello. Y aunque estuvo catatónica por un tiempo, sus padres no creyeron que hubiera nada de siniestro en lo que sucedió. Los niños tienen accidentes a menudo, declararon. Ambos eran psicoanalistas, lo que podría explicar su carencia total de sentido común, raciocinio básico, deducción o acción alguna. Los psicoanalistas deben licenciarse para practicar, pero también deberían requerir un certificado para reproducirse, aun para existir, en mi opinión.

Mi madre no fue tan optimista, sin embargo, porque ya había visto mi temprano interés en la caída de los cuerpos, en volar, saltar, encaramarme en los árboles y caminar por los tejados. Cuando veía un programa de televisión sobre batallas aéreas, accidentes, la historia de la aviación, globos de aire, zepelines y todo lo que tiene que ver con aeronáutica, yo entraba en una especie de trance. Una inmersión total en esa vida y el escape de ésta. Mi metabolismo se tornaba muy lento y casi dejaba de respirar.

Años más tarde vi a mi prima Susan en la universidad. Palideció y trató de esquivarme, pero me acerqué y me puse a charlar con ella amistosamente. Esto la confundió y la puso aun más nerviosa. Tal vez, ¿se había equivocado completamente? Seguramente, si yo aparecía allí desprevenidamente, nada serio había ocurrido esa noche en que ella y sus padres habían venido a visitarnos en nuestra desvencijada vivienda de subvención social.

Tal vez pensó que yo tenía amnesia selectiva o, peor todavía, que era un tipo de completa aberración social. Ninguna alternativa era agradable. Se quedó un poco más tranquila al final del encuentro y me alegré. Estuve a punto de decirle, —¿has tenido más caídas libres últimamente?— pero no lo hice. He aprendido a controlarme. Después de todo, ella tenía suficiente con que sus padres todavía estuvieran vivos.

Siempre estuve interesado en el vuelo.

Tenía una gran cantidad de modelos Airfix que yo armaba, pintaba y decoraba con calcomanías. Los colgaba del techo en mi dormitorio, Sopwith Camels, Junkers, Messerschmitts, Spitfires y Zeros. También colgaba modelos de águilas, halcones y pterodáctilos. No había manera de que aquellos pesados jodidos pudieran a volar, no importa lo que dijera la enciclopedia de mi niñez.

Ya conocía la invención de la ametralladora sincronizada que disparaba entre las hélices sin tocarlas. Me imaginaba el terror que sentirían los pilotos de la Primera Guerra Mundial, sin paracaídas, mientras sus aviones caían en un espiral de llamas a la tierra. Tenía una foto del Hindenburg estrellándose en Nueva Jersey después de su vuelo transatlántico desde Alemania, mientras el vapor de hidrógeno se incendiaba causando el desastre aéreo más famoso y más fotografiado. Mi interés en los objetos desplomándose a la tierra, o volando sobre ella, era genuino y me había consumido desde temprano.

Comencé a saltar del armario a la cama alrededor de los cinco años. Era un salto grande para un pequeño cabrón como yo. Rob, mi hermano mayor, me observaba desde la cama mientras leía y se acomodaba cuando yo me desviaba de mi curso. Me monitoreaba con su visión periférica. Ocasionalmente debía esforzarse para hacerse a un lado cuando yo iba derecho a él.

Esto ocurría a veces cuando yo me vendaba los ojos. Una vez, me di en la cabeza con sus rodillas mientras él leía y quedé conmocionado por más de una hora. Después de recoger el libro que había caído al otro lado del cuarto cuando yo aterricé, continuó leyendo. Me dejó dando vueltas en el cuarto, atontado, tarareando canciones de cuna — y ése no soy yo. Rob era el perfecto tipo para ser doctor. Se estaba especializando y ni siquiera había comenzado la universidad. No le interesaban las enfermedades físicas, como la conmoción cerebral en la infancia, sólo las mentales relacionadas con vuelos aéreos, como la mía.

Cuando estaba de buen ánimo, se echaba para atrás con las rodillas dobladas y me equilibraba sobre las plantas de los pies. Me balanceaba allí, apoyándome el pecho, estirando los brazos lo más ancho que podía y me imaginaba ser un ave de rapiña planeando en las corrientes de aire. Él movía las piernas en círculos o subía y bajaba los pies. Yo trascendía los sentimientos físicos normales y me arrebataba en éxtasis. Tiempo después ya era tan experto que volvía la cara a un lado y seguía leyendo mientras yo miraba hacia abajo desde mi nuevo nido de águilas.

A veces me ponía la toalla del baño como capa y pretendía que era Robin. Repetía sus exclamaciones de la televisión, como "¡Santo pterodáctilo!". Otras veces, tocaba la pantalla de la lámpara al volar para que, al mecerse la luz, pareciera como los reflectores tras un avión en una columna de luz, mientras la artillería antiaérea trataba de derribarlo.

Se sentía estupendo saltar desde esa percha empolvada y estrellarme contra la cama. Con el tiempo, mi cuerpecito empezaba a quedar adolorido por todos los aterrizajes y por el duro esfuerzo de encaramarme de nuevo sobre el armario. Me volví tan ágil como un mono. Mi hermano disfrutaba estas escenas cada noche y probablemente entonces decidió dedicarse a la psiquiatría forense. Sus libros favoritos en ese tiempo eran de medicina forense y patología. Estaba tan feliz en su mundo como yo en el mío.

Cuando venía la niñera y trataba de mirar la TV o hablar por teléfono, yo llevaba mi colchón para abajo y lo cubría de cojines y colchas. Entonces subía las escaleras, hasta el último peldaño, y desde arriba me lanzaba volando sobre la baranda a la pista de aterrizaje. Era realmente impresionante pero ruidoso porque gritaba "¡Banzai!" o imitaba el aullido de un bombardero Stuka en precipitado descenso. Ella salía, me miraba a mí y al colchón diciendo "Jesús" y se volvía a la TV o al teléfono. A ella nunca le agradó cuidarme porque yo no hablaba, sólo la miraba o me lanzaba sobre la baranda. Confieso que yo lo habría encontrado igual de desconcertante, y no soy de los que quedan perplejos fácilmente. El camino de menor resistencia le venía de lo más bien a la niñera. Y a mí. A ella no le preocupaba el que yo me hiciera daño o tal vez, era lo que esperaba.

Mi padre murió cuando yo era pequeño y mi madre se casó de nuevo. Cuando vivía, él le decía a mi madre "Este chico es un condenao genio, doña".

Mi madre no quedaba muy convencida. Una vez los oí discutiendo.

—El chico es un puto psicópata. ¿De dónde salió?

—Es un ángel, de verdad. —Mi padre le respondió de manera calmada.

—Un ángel caído, más bien. Salta del armario, lo sabes. Nunca lo puedo agarrar pero el colchón está hundido.

—Emm… puede ser. —Replicó mi padre.

Me recuerda el chiste de Emo Philip sobre sus padres cuando discutían… — Te dije que iba a sobrevivir — se queja la madre. La situación no era tan mala, pero era suficiente.

Intenté disminuir mis vuelos para que mi padre no tuviera que defenderme tanto. Él era un hombre amable, alegre e introvertido. Se murió de una hemorragia cerebral y creo que su cuerpo decidió implosionar porque él no encajaba fácilmente en este mundo.

Lo veía irse al trabajo antes del amanecer desde mi posición en el alféizar de la ventana de nuestro cuarto. Se preparaba para su jornada en el patio. A veces levantaba la vista hacia la ventana como si sintiera que yo estaba allí y yo retrocedía a la sombra. Sacaba la bicicleta, cerraba la puerta, comprobaba tres veces si estaba cerrada, colgaba su merienda desde el manubrio y se ponía los clips de bicicleta que mantenía en la barra. Entonces, en un solo movimiento, sujetando firmemente la bicicleta con el pie izquierdo en el pedal, la empujaba en un movimiento inclinado hasta que lanzaba la otra pierna por encima para corregir el desequilibrio. La simetría y movimientos me recordaban a un avión preparándose para despegar desde una pista de aterrizaje provisional en el frente de guerra. Podía oír el zumbido de la dínamo acallándose a medida que se alejaba por la calle.

Me quedaba allí por un rato en el estrecho alféizar tiritando en la oscuridad en caso que se le hubiera olvidado algo. A veces entraba de nuevo en la casa antes de partir. Cuando lo oía subir la escalera saltaba en la cama y pretendía dormir. Se quedaba de pie junto a la puerta unos minutos o entraba y me ponía la mano en la garganta para comprobar que respiraba. Podía oler el aceite de bicicleta en sus manos y me dejaba una patina helada en el cuello.

La noche que murió, reinicié nuevamente mis poco convencionales e intransigentes vuelos con renovado vigor. Fue como el bombardeo de Dresden. Fue una noche entera de vuelos de combate hasta que finalmente caí exhausto. Mi hermano me miraba, preocupado. Cuando finalmente aterricé por última vez, dejó su libro, *Disección para principiantes*, y me acunó en sus brazos y yo lloré hasta que me dormí.

Traducido por Mariana Romo-Carmona

Conduzca esto

Mi madre comenzó a tomar lecciones de conducción después de que mi padre murió. No quise matarlo tan pronto. Ya se sabe que los accidentes ocurren. Pero él se lo merecía.

Ya es bastante difícil para los adolescentes oír la perorata de instructores presumidos sobre el control dual, el estacionamiento en paralelo, la etiqueta del camino y el freno de mano, pero para un adulto es molesto. Sin mencionar los hedores del cuerpo y la tonta palabrería de la que se necesita evitar. También, se debe tolerar cuando te hablan como si tu cerebro fuera un carburador dañado. Para una mujer de la edad de mi madre, desarrollar habilidades nuevas es más difícil, especialmente porque ella no tiene ningún sentido de orientación.

Ella era enfermera de distrito en Galway y montaba en bicicleta por las calles sombrías y grises para visitar a los enfermos confinados en sus casas de interés social del City Council, las cuales llamábamos infierno— digo, nuestro hogar. Los *skinheads*, quienes vagaban por las esquinas, con sus perros y sus novias *skinhead*, respetaban a mi madre y le permitían el paso porque, algún día podría darse el caso que la necesitaran. En cuanto a sus padres y abuelos, mi madre les drenaba las heridas supurantes, les sacaba los puntos, los bañaba en cama, y se lastimaba su espalda cuando levantaba a los cabrones gordos e inmóviles (como ella los llamaba) para cambiarles los vendajes.

Ella montaba su bici durante las tardes negras mientras el viento helado y la lluvia del Atlántico le rozaban las manos y la cara. Cuando llegaba a casa, casi no podía mover las manos. Las traía rojas y llenas de manchas, heladas al tacto.

—Ma, te hago el té.

Ella se sentaba en la mesa de la cocina con el té dulce y caliente en sus manos frías y me aprobaba con la cabeza en agradecimiento.

Comenzó las lecciones de conducción para escaparse del viento y la lluvia y para recobrar el salario perdido de mi padre. Ella pensó que también estaría más segura de los pastores alemanes de los *skinheads*. Esos perros eran más volubles que sus dueños y la observaban aproximarse, bajo la luz pálida de la noche, con total concentración. Ella sentía que, algún día, se escaparían de las largas cadenas con que los pálidos *skinheads* los ataban y la despedazarían junto con su bicicleta.

Una vez, un pastor alemán me atacó salvajemente, por lo tanto mi madre tiene razón parar ser precavida. Era un domingo por la mañana. Yo estaba haciendo el trabajo del Señor —recogiendo sobres con donativos de mis vecinos para la iglesia— y cuando salté la pared del jardín de mi vecino, Nelson me atrapó y comenzó a morderme. Le clavé un cuchillo por el lado del corazón y eso lo frenó un poco. Pero él me hizo daño. Mi padre saltó la pared y le pegó con una pala al perro en la cabeza y se la partió por la mitad. Afortunadamente, Nelson me soltó en ese momento. Recuperé mi cuchillo y me olvidé del sobre de la iglesia. Obviamente, Dios se estaba riendo a carcajadas.

Basta de mí.

Mi madre se matriculó en *La Excelente Escuela de Automovilismo*, pero lo único excelente de la escuela era la ganancia del instructor. Vivía en el acomodado lado oeste de Galway City, muy lejos de las calles duras que parían a *skinheads* y delincuentes de diferentes matices. Sus instrucciones eran hoscas y vagas y desordenadas. Él regañaba a mi madre por cada error insignificante. Tenía una fijación con las paradas de emergencia y cuando mi madre fallaba en efectuar aquello a satisfacción, se quejaba hasta la saciedad. Él volvía una y otra vez a las paradas de emergencia a pesar de que rara vez aparecen en la prueba. Además, la única parada de emergencia que vale la pena es clavar los pies en los putos frenos hasta el fondo y esperar lo mejor.

Mi madre regresaba a casa regañada y desalentada después de sus lecciones. A veces, ella lloraba al instante que pasaba por la puerta. Nunca la había visto así. Le dije que abandonara las lecciones. Le dije que mataría al Señor Excelente Escuela de Automovilismo o, que por lo menos, contrataría a sus *skinheads* admiradores de Shantalla, The Claddagh y Bohermore para que lo hicieran. Pero ella rehusó mi generosa oferta y, riéndose, dijo: "En cambio tomaré el té". Todos los martes, iba a las lecciones con absoluta determinación, terror y coraje.

Después de doce semanas, ella tomó y pasó su prueba. Creo que fue por intervención divina. La noche siguiente, celebramos con dos tazas de té, en lugar de una. Salí de la casa y fui al solitario oeste de Salthill, donde vivía el instructor. Esperé en la sombra de los arbustos de su jardín de enfrente. Cuando se estacionó y salió del coche, caminé silenciosamente trás de él y lo golpeé en la parte de atrás de la cabeza con un calcetín lleno de piedras. Él se derrumbó como un novillo aturdido con una pistola de pistón en el matadero. Saqué el bote de gasolina del maletero de su coche. Regla número cinco del código *Excelente conductor*: "Cada conductor debe tener un galón de combustible de repuesto". Él se arrepentiría de haber creado esa regla. Empapé el coche con gasolina por dentro y por fuera y tiré dentro del coche una cerilla encendida.

Las llamas se estiraron con un arrobo azul y anaranjado hacia el cielo oscuro de Galway. ¿O fue mi arrobo?

—Trata ahora de hacer una parada de emergencia. —Le dije.

Mientras me iba, sentí el calor del fuego en mi espalda. Se sentía bien.

Es probable que me hubiera excedido un poco. A veces soy impulsivo. Lanzar al instructor dentro del maletero antes de tirar la cerilla es sólo un ejemplo.

Él se lo tenía bien merecido, sin embargo.
Como papá.

Traducido por Steve Soldwedel

La balada
de la navaja mariposa

Cuando el timbre de la puerta sonó yo estaba en el cuarto de la televisión. Raras veces teníamos visita. A mi madre incluso le molestaba que nosotros regresáramos de la escuela. Así que, los visitantes esporádicos no eran bienvenidos. Usualmente, yo tenía que arrastrarme hasta la puerta principal, sobre mi estómago, como si fuera un niño soldado y descifrar quién estaba afuera. Incorporé volteretas frontales y mortales para mantenerlo interesante. La parte superior de la puerta era de vidrios biselados. Por la distorsión de la luz, el visitante podría ser un marciano, Marilyn Monroe o la señora Molloy una de las vecinas de nuestra calle (era la opción menos favorita). Estaba tan orgullosa de su casa. La nuestra era como un apartamentillo en comparación. Además sí era un apartamento. Le transmití a mi madre, que en ese momento estaba de pie frente a la puerta de la cocina con un cigarrillo Sweet Afton en la mano y expresión preocupada, mi mejor valoración del enemigo. Si adivinaba mal estaría en problemas con ella y, por eso, usualmente decía: son esos gitanos hojalateros[3]. Eran algo tan mítico como el número de bajas en Vietnam.

---

3   En el original *Tinkers* término peyorativo para un grupo social irlandés nómada cuyos miembros se dedican, entre otras cosas, a reparar utensilios de cocina. (Nota del traductor)

Ella diría: ¡Putos matarifes! ¡Que se vayan a la mierda!

Siempre tuvo un talento especial con lenguaje.

En realidad a mí me gustaban los gitanos. Cabalgaban sin montura por nuestras calles de concreto, agarrados a las crines andrajosas de sus caballitos pintos y el metal de las herraduras haciendo eco entre los edificios; eran como claros y fuertes sonidos de guerra que han perdido el rumbo. Cabalgaban sus caballos con majestuosa indiferencia y desapego. Así hubiera querido vivir mi adolescencia, pero no funcionó.

El párroco local era el único que lograba traspasar el alcázar de nuestro apartamento de interés social de manera regular. Él, generalmente se agachaba, empujaba la portezuela de la ranura de las cartas y gritaba: ¿Doña? ¡Soy yo! El padre Barry.

Él era el padre de un pelirrojo y regordete bebé en la parroquia vecina. Tenía un carro. Podía viajar. Viajar abre la mente. Yo gritaba en respuesta: ¡Ma. Es el Padre-padre! Me imaginaba que habían bautizado al bebé Barry. Por lo tanto el chiquito bebé bastardo Barry Barry. Yo era un poquito artífice de las palabras. Él no sobreviviría mucho en el patio de la escuela con un apelativo como ése. Apenas yo lo pude hacer.

A mi madre no le gustaba esta irreverencia hacia el Padre Barry pero no tomaría represalias mientras yo estuviera tumbado en el suelo viendo hacia arriba los parpadeantes ojos del Padre Barry por la ranura de las cartas. El Padre Barry no podía estar equivocado de que mi madre estuviera preocupada; aun cuando el Padre fuera un papá.

—Dios te bendiga, hijo.— Decía el Padre Barry mientras me daba palmaditas en la cabeza y se cepillaba de camino a la cocina. Era un poco ambiguo pero no trataba de pensar en ello. Lo que menos necesitaba era un pequeño medio hermano pelirrojo bastardo en la parroquia vecina. Hablando de responsabilidad.

Sería imposible para mí evocar cualquier atisbo de sangre fría en tales circunstancias. Estaba estudiando francés en la escuela, así podría enlistarme en la Legión Extranjera, perder mi identidad, echarme boca abajo extinguiendo campos de fuego y retornar como héroe para impresionar a las chicas. De todas maneras, creo que en nuestra casa el Padre Barry sólo estaba interesado en asuntos parroquiales como recolectar el dinero semanal para el edificio del Centro Comunitario Mervue, donde los adolescentes se han reunido por años para hacer bebés en el callejón oscuro de atrás. Sin viaje incluido.

En su juventud mi madre aprendió clave morse cuando se estaba entrenando para enfermera en Gloucester después de la guerra, por eso nos enseñó a golpear la puerta con el código "ESTE ES VÍCTOR." "ESTE ES ROB." Ella esperaba hasta que la oración estuviera completa para dejarnos entrar. Era difícil hacerlo cuando el viento, la lluvia y el granizo laceraban la piel expuesta de nuestras piernas. En la biblioteca encontré un libro de clave morse y comencé a embellecer mis mensajes "ESTE ES TU UNIGENITO HIJO" o "ESTE ES BARRY BARRY EL HIJO DEL PADRE" o "ESTE ES EL LECHERO" o ESTA NO ES UNA CANCIÓN DE AMOR" o "EXTE ES EL AKCENTO DE GALL-WAY".

—¡Muy gracioso!— Me decía cuando eventualmente me dejaba entrar. Después de un tiempo, comenzó a abrir la puerta tan pronto como completábamos "ESTE", entonces se acabó la diversión. Todavía puedo usar clave morse si la necesidad lo amerita.

Cuando comenzamos la escuela secundaria nos dio llaves. Las llevábamos atadas al cuello con nuestros escapularios. Mi madre no podía imaginar un lugar más seguro. Este sistema hacía las cosas difíciles porque tan pronto como ponías la llave en la cerradura, mi madre halaba la puerta desde adentro, te tiraba hacia adelante y el escapulario te raspaba el cuello mientras dabas un traspié en la entrada. Pero cuando te tomabas el trabajo de descolgar la llave de tu cuello ella no halaba la puerta.

También decidió dar por terminada nuestra política aislacionista. Entramos en la onda Glasnost. Si los rusos podían abrirse al mundo, también ella. Era una adicta a la información. Ahora quería que abriéramos la puerta de inmediato para no perdernos de nada. Ya era un poco tarde. Por nuestros años de aislamiento, los vecinos ya habían abandonado la costumbre de llamar a nuestra puerta.

La familia Leeper vivía en el piso de arriba. El señor Leeper era carnicero. Una de sus hijas solía usar un guante blanco. Se especulaba que tenía una mano atrofiada de nacimiento. Nosotros preferíamos pensar que al señor Leeper le había cortado la mano por error, mientras practicaba algún ritual esotérico para tajar el jamón. Me hubiera gustado estrecharle la mano para ver cómo se sentía. Yo estrechaba las manos de todos cada vez que nos encontrábamos, así que era una posibilidad factible. Era como un retroceso al siglo pasado, pero ella siempre se las arregló para evitar todo contacto conmigo y mi deseo nunca se cumplió. Se quedó en el aire, quizá como ese guante.

Solíamos cantar: *Jeepers Creepers*. ¿Cuál es el puto problema con los malditos Leepers?

Tenía mis dotes de baladista.

Laura Leeper incrementó mi interés en la anatomía mórbida.

Mi hermano Rob ya tenía libros de anatomía de la biblioteca de la universidad (saqueados) y de la librería Peddler (robados). Los estudiantes de medicina se los vendían después de graduarse e irse al África por unos meses para preacticar questionables procedimientos en los nativos, que no se quejaban, antes de volver a Galway para practicar en el Crecent donde el olor a dinero se transmutaba tan sólo por el dulce olor de las lilas en los jardines cultivados de las elegantes casas victorianas.

El Peddler era propiedad del primer adolescente abiertamente gay del barrio. No lo mataron, lo que fue un milagro. Era guapo y divertido, pero yo vi su apariencia angustiada en el Hotel Warwick donde se tambaleaba y tropezaba alrededor de la pista de baile mientras doscientos adolescentes heterosexuales competían por la atención del sexo opuesto mientras él deambulaba afligido y desolado.

La familia Lamb vivía al lado; eran callados. La familia Rabbit vivía al otro lado; ellos no lo eran. Todos los chicos terminaron en la cárcel. En las mañanas húmedas de verano, recogían hongos alucinógenos en el hipódromo a unas millas de distancia para ganar una ventaja aunque no la necesitaran. Tenían el cableado interno para la delincuencia. Todas sus hermanas se graduaron de la universidad y se casaron con ingenieros y doctores para poder pagar las fianzas y los abogados de sus hermanos encarcelados. Yo estaba estudiando Mendel en mi tiempo libre y por eso me fascinaba esta evidente dicotomía entre los chicos y las chicas Rabbit. Los muchachos eran impacientes, nunca se quedaban quietos, nuca se callaban, nunca estaban tranquilos, nunca se sentían seguros. Las muchachas eran sutiles, prácticas, calladas, sociales, formales. Si Mendel hubiera vivido junto a los Rabbit probablemente habría abandonado sus experimentos con arvejas.

Me gustaban los Lamb porque me recordaban los días de fiesta en la granja de mi abuela en el condado Mayo. El jamón de los Lamb era delicioso. Cada viernes el camión rojo se detenía al final de la áspera entrada y yo corría para ver dentro del almacén viajero mientras el dueño (conductor) levantaba su encomienda y me miraba de vuelta. Mi abuela compraba hogazas de pan, grano para las gallinas, sal, té, azúcar (todo pesado por el conductor y empacado en pequeñas bolsas marrón), tacos de tabaco para mi abuelo y una olla de jamón de cordero. Nada sabía mejor que ese jamón. Por eso me gustaba que los Lamb fueran nuestros vecinos. Además, no eran los Rabbit.

Sara Joyce vivía abajo. Estaba casi sorda y por eso tenía la televisión y el radio prendidos al máximo volumen. No necesitábamos encender el radio si no queríamos. Se podía escuchar acerca de los últimos cierres de las fábricas a través del suelo. Su piel era negra por años de sentarse al frente de chimeneass abiertas con el humo de la turba tatuando negro tizne molecular en su epidermis. Ella era del mismo pueblo que mi madre y languidecía por ello, así que lo gritaba siempre que se encontraban por las escaleras. Esa es otra razón por la que mi madre se escondía por nuestros cuartos, evitando a Sara Joyce y a sus propios traumas de niñez, todo mientras me tanteaba, afligida, borracha. Era interesante escuchar los programas de televisión retumbando desde el apartamento de Sara mientras nuestra propia televisión estaba encendida. Producía un notable efecto estereofónico con las vibraciones del suelo. Después de un rato uno se acostumbraba a eso. Después de un tiempo uno se puede acostumbrar a cualquier cosa.

Mi madre gritó desde la cocina —¿Vas a abrir la puerta?

Yo la ignoré. A veces se le olvidaba, especialmente si sólo sonaba un timbre y ella estaba bebiendo. De cualquier manera mi programa favorito estaba comenzando —era un documental de una hora sobre depredadores tropicales.

Unos segundos después cuando la campana volvió a sonar, ella caminó hacia la puerta y me apunto, luego señaló a la puerta y dijo: "Abre esa maldita puerta o te atravieso por ella".

Me pareció justo abrirla. El vidrio biselado puede dañar tu contextura física. Era peligrosa cuando estaba ebria.

—Deja de ponerte esa ropa.— Dijo. —Me saca de quicio. Si quieres vivir en la cuenca del Amazonas por qué no mejor te largas para allá.

Yo tenía trece años y me pareció un poco rudo. Ella podía cortarte con sus palabras como una cuchilla atraviesa a un bebé conejo. Así de un lado al otro.

En ese momento me hubiera gustado vivir en la cuenca del Amazonas. Yo vestía un atrevido traje de safari que había comprado la tienda de ropa usada Vincent de Paul por Sea Road. Era un poco grande pero me ajustaba. Me lo ponía para ver especiales sobre la naturaleza y la vida salvaje. El timbre volvió a sonar.

Ella nos miró a la puerta y a mí.

Me levanté de la televisión. Por el corredor había una fotografía a blanco y negro de mi madre. Era una salida de la escuela grabada durante los últimos cuarenta años en la Foto Amigable Familiar de Farrel. Ella tenía puesto el uniforme de la escuela y un sombrero de paja. Cuando ella no andaba cerca, yo la bajaba y me la acercaba a los ojos; el vidrio distorsionando la imgen, tratando de descifrar lo que ella había sido. Una vez fue tan sólo una chica. Se sentaba en los bancos de un riachuelo con sus largas piernas cetrinas hundidas en el agua torrentosa, una sonrisa abierta, ahora aprisionada en un ceño fruncido por una trampa de alcohol y depresión. Quería regresar en el tiempo y verla pasar por el camino, ver la sonrisa que nunca vi. Soy un poco romántico sin esperanza, supongo.

Ahora la campana sonaba sin parar. Arrastré los pies hasta la puerta.

Cuando la abrí lo comprendí. Sabía que no debía haberlo hecho. Sabía que tendría un problema, más de un problema.

Los gemelos Block me observaron con detenimiento, ojos azules y negros, mar profundo y sin camino de regreso de esos cuatro ojos profundos, muchos ojos, si intentas algo hombre te sacamos los ojos, sí los ojos.

Block A me observó sin quitar su dedo del interruptor de la campana.

Aquí estoy, le dije. Él mantuvo el interruptor presionado.

Quise cerrar la puerta. En realidad hubiera querido cerrar-la de un golpe y sellarla con clavos. Tenía ganas de vomitar. Ellos te generaban una total disfunción neuromotora cuando estabas dentro de su rango de alcance. Eran magros y elegantes y tan acerados como navajas automáticas. Eran elegantes con veneno, coraje y poder de lucha. Peleaban en silencio, acrobá-ticos peleadores callejeros, esculpían golpes y patadas en un violento abrazo pugilístico; arrojaban a sus contendores por el suelo húmedo, los besaban con sus codos, sus manoplas, sus rodillas y sus botas con punta de acero.

De cualquier manera, yo estaba petrificado. Sentía ganas de arrancarles sus luminosos y claros ojos de sus cuencas para no tener que verlos nunca más. Quería atravesarles el corazón con flechas de acero. Yo tenía una ballesta en mi cuarto, la llevaba conmigo cuando pasaban Robin Hood en la tele, pero pudo haber estado enterrada en el fondo del mar. Fue un momento infernal, se los puedo decir.

Block A trabó su bota en el marco de la puerta. Por lo menos no lo hizo en mi cara. Bajé la mirada y vi sus botas relucientes. Block B se recostó despreocupadamente contra la pared, exhalaba humo de cigarrillo en medio de la noche fría y oscura. Con un ritmo lánguido y relajado abría y cerraba una navaja mariposa. La luna destellaba en la hoja con matices resplandecientes.

Block A — Doctor Fuckingeegjitston[4], supongo.— Se rió. Yo miré mi traje de safari. Por lo menos estaba al tanto de la historia de África y de cosas de exploradores.

Block A — ¿Qué puta mierda mierda es esa?

Me arrancó la red de mariposas de la mano. Me quemó las manos con la fricción mientras me la arrancaba. Yo la usaba como un accesorio en mi montaje de safari. Era lo más parecido a una red de naturalista que pude encontrar. Había olvidado que la llevaba cuando abrí la puerta.

Me miró como un pit-bull ve a un bebé boca arriba antes de desgarrarlo en pedazos. Se la mostró a Block B. Block A comenzó a imitar movimientos de kung-fu y a emitir ruidos exagerados de *ahh-choo*. Block B lo miraba impasible, simplemente seguía esgrimiendo su cuchillo bajo la pálida luz de la luna. "Bailando bajo la luz de la luna. En esta larga y calurosa noche de verano".

Entonces, Block A rompió la vara de bambú de la red en su rodilla. Sonó como si hubiera roto la espalda de un bebé. Arrojó los pedazos a la oscuridad. "Tú sigues", me dijo. Yo se lo creí.

Block A — Mi hermana quiere que vengas a verla mañana en la noche.

Pudo haber sido peor, supongo.

— ¿Qué? ¿Están seguros de que yo soy el tipo correcto?

—Sí, nosotros tampoco podíamos creerlo pero así es. Eres tú.

—No estoy seguro de que pueda, en verdad.

---

4   Juego de palabras que incluye el insulto Fuck y la palabra irlandesa eejit (imbécil) junto con la anécdota del Doctor Livingston en Africa.

—En verdad, jódete. Tú eres su pareja hasta que ella diga lo contrario, en verdad.

Trataré de no volver a usar esa expresión otra vez.

—No lo entiendo.

—¿Qué es lo que no entiendes?

—No sé, simplemente no lo comprendo. Apenas la conozco.

—Bueno, pronto lo comprenderás, ven a buscarla mañana alrededor de las 7:00 de la noche. Si no lo haces, ya sabes lo que te daremos.

Yo sabía lo que significaba eso. El otro "lo". El cuerpo hecho trizas, amoratado y herido hasta el fondo por sus puntapiés.

Block A me empujó contra la pared. El muro tenía un acabado rústico con trozos de piedra de tamaños diferentes. Mi cabeza golpeó contra los trozos de piedra con la fuerza suficiente para descalabrarse y hacer brotar la sangre del cráneo. La podía sentir filtrarse de mi cuello al collar de mi chaqueta de safari.

Quitó la bota del marco de la puerta.

—Ok, cabeza de safari. Mañana en nuestra casa. No vistas esa ropa.

Incluso yo sabía eso.

Cuando llegaron a la salida, voltearon a mirarme. Me lanzaban besos en el aire.

Mi madre vino a la puerta.

—¿Qué querían los cabeza de bloque?

Yo estaba en un estado de agitación.

—Su hermana quiere que yo pase a buscarla mañana en la noche.

—¿Y qué? No necesitas tener una crisis. Es sólo una chica.

Pasé junto a ella. El olor de su bebida me envolvió.

—De todas maneras, no lleves esa ropa— me dijo.

-Dios míííííoooooooooooo - Ya lo sé, ya lo sé.

¿Todos creían que era idiota?

Traté de calmarme.

Ok, es sólo una chica, sólo una chica, sólo una chica.

No lo era.

Lucy Block era una guerrera con ojos gris perlados. Maldad al cubo. Brillaba como un faro en este mar de concreto y decadencia. Brillaba como un faro hasta que se navegaba demasiado cerca. Entonces se sabía que cien millas eran demasiado cerca. Nave encallada, nadie se salva. Cáustica, catorce años, cuidadosamente desafiante, una fuerza pagana vital emanaba de ella. Era roquera, reina entre las chicas; fumadora, buscapleitos, huraña, silenciosa, violenta. ¿Mi tipo? Definitivamente no.

Por los corredores de la escuela, detectaba su cabeza rapada sobresaliendo entre el mar de estudiantes. Me ignoraba. Su pandilla estaba formada por cabrones del barrio: Martin Savage, John "Golpeador" Barret, Sean Laffey (nunca se reía), Jo "Matón Killkelly. Ahí tienes la imagen, yo no era parte de ella. Ni siquiera una pequeña mota de polvo del negativo.

Pensé que era una trampa o algo por el estilo. ¡Mierda! Yo siempre había evitado el contacto con chicas. No sé de dónde son los chicos pero sé que las chicas son de Cubista –un planeta fuera de mi constelación. Las chicas exploran el cielo de la emoción y la elegancia en órbitas elípticas que no puedo rastrear. Tenía más opciones de enlistarme en la Legión Extranjera a mis trece años que de descifrar las cañerías mentales y sociales de una cita con Lucy Block.

Mi tía adolescente decía que yo era pálido e interesante. Yo evitaba el sol. Los viernes bailaba conmigo para practicar antes de irse a tratar de pescar algún Cabeza Rapada en el emporio de baile local: La Serpiente. No es una broma. Entonces yo podía bailar si estaba atrapado y necesitaba impresionar. Yo practicaba el pogo enfrente del espejo por horas. Me encantaba el pogo más que otra cosa. Podía bailarlo toda la noche si era necesario. Mientras practicaba en mi cuarto, me sentía como un guerrero *massai*. Después de unos meses ya tenía músculos fuertes en las pantorrillas. Mi madre solía golpear el entresuelo.

—Deja esa maldita bulla.— Al final dejó de hacerlo.

—El jodido está loco.— Le dijo un día a su hermana, mi compañera de baile. Mi tía exhalaba el humo de su cigarrillo en dirección al techo.

—No. Él es normal.

Me perdí la mitad del ciclo de vida de la serpiente pitón en la tele mientras limpiaba la sangre del cuello de mi chaqueta de safari. Afuera, la noche oscura resplandecía con cuchillas en cada esquina. Mi red de mariposas rota quedó tirada entre el concreto húmedo, oculta en la oscuridad, olvidada. Las navajas mariposa cantaban canciones de amor. Lucy Block me esperaba.

No pude dormir en toda la noche. La vi en el corredor de la escuela a la mañana siguiente. Me miró como si nada. Vi a los gemelos Block y me oculté en una entrepuerta del corredor. Se detuvieron enfrente del salón de clases y miraron hacia adentro. Tuve que pretender que iba de salida y asentí con la cabeza mientras pasaba.

—Tarzán, no te olvides de esta noche. —Me gritaron.

—Muy gracioso— me dije a mí mismo y seguí caminando.

El rumor de que los gemelos Block me habían ido a buscar la noche anterior se había propagado. El hecho de que todavía caminara hizo crecer mi prestigio entre los compañeros, pero yo no podía disfrutarlo.

—¿Qué querían?

—Nada.

—¿Entonces cómo es que sigues vivo?

—No sé.

—¿Tienes heridas internas que no podemos ver?

—Sí.

Continué diciendo.

Es sólo una chica.

Es sólo una chica.

Es sólo una chica.

Tenía el mismo efecto reconfortante que:

Es sólo la peste negra.

A las 6:30 de la tarde (impresionantemente temprano) toqué en *chez* Block. Gracias a Dios los gemelos no estaban. Mamá

Block abrió la puerta y me observó dos veces. No era un cuchillero como ellos, sólo yo, el pretendiente en armadura brillante con un tenue entendimiento del francés, sexualidad, moda o realidad.

Se volteó y gritó.

—Es el loco de las mariposas.

No podía creer que los Block se lo hubieran dicho a su madre. Imaginaba que pasaban en silencio uno junto al otro por el corredor de su casa. ¿Acaso no había nada sagrado para ellos?

—Supongo que es mejor que entres.

Me arreó por el corredor hasta el cuarto de la TV. Lo digo en un sentido amplio.

Lucy estaba sentada en el sofá viendo TV. Me miró despacio. La saludé medio apenado.

—¿Qué quieres?

—Pensé que tenía que venir a buscarte.

—¿Tenías?

—En realidad pensé que todo estaba arreglado.

Por ahora yo mantenía la compostura; bueno, no del todo.

—De verdad, relájate. Tu sentido del humor es inexistente. ¿No ves que estoy vestida para la ocasión?

—Oh, sí. Lo noté inmediatamente.

—¿Quieres té antes que vayamos a ser la sensación del año?

—Ah, no. Me acabo de limpiar los dientes.

Jesús, qué respuesta.

—Ah, probablemente me lo echaría encima.— Añadí. Peor aún. O en el pastor alemán que me estuvo olfateando la entrepierna mientras esperaba en la puerta.

—Siéntate Killer dijo la madre.

Me sentí mucho más seguro. ¡Killer! ¡Jesús!

—Lo haré de cualquier manera. —Dijo Lucy. —Siéntate. Killer. Quieto.

Me senté en el sofá mientras la madre me observaba. Pasaban Joan Jet en la TV. Eran fascinantes. Joan Jet me hacía sentir más seguridad. Killer estaba sentado ahora viendo la tele y volteaba su cabeza para verme.

—Tú no eres como los otros malnacidos que usualmente vienen a verla.

Me dediqué a estudiar la imagen de Joan Jet como si no la hubiera escuchado.

—No señora. — Dije eventualmente porque sentía que no dejaba de mirarme.

—¡No señora! ¿Jeeesús de qué siglo eres?

Ni yo mismo estaba seguro de la respuesta.

Lucy regresó con el té. Traté de tomarlo sin derramar nada.

—Ya regreso– dijo y subió las escaleras.

—¿Dónde están los gemelos? Me arriesgué a preguntarle a la madre después de un rato.

—Los cabeza de bloque están afuera.

Ok. Eso no es mucho. Simplemente seguí sentado ahí bebiendo el té y tratando de no sudar demasiado. Cuando Lucy regresó dijo: —vámonos.

Salté para ponerme firme frente a la orden y la taza salió volando. La madre se arrojó hacia atrás como si yo hubiera lanzado un mortero. Killer saltó y vino a atacarme. Di uno de mis saltos de pogo y el perro pasó por debajo sin tocarme.

Madre e hija me miraron con admiración mientras subía hacia el techo. Yo mismo estaba impresionado. Las cosas mejoraban.

Killer se fue de cara contra el TV y eso lo calmó antes de que pudiera atracarme de nuevo. El TV se ladeó en cámara lenta. Antes de que ninguno pudiera agarrarlo se cayó de la mesa al suelo. Chispas saltaron pero no entre Lucy Block y yo. Salían de detrás del TV como si fuera un cohete Katyusha. Las luces pestañearon una vez y luego se apagaron por completo. Killer comenzó a gruñir. La madre comenzó a maldecir y a tratar de hacer funcionar su encendedor de cigarrillos. Se tropezó con Killer mientras trataba de alcanzar la cocina. El encendedor salió volando y la llama se agotó.

Esperé en la oscuridad, el humo de cigarrillo estropeaba la palidez de mi piel y mis pulmones rosados, mi radar sonaba como diciendo Lucy Block, mis manos sudaban, me temblaban las piernas, toda mi vida me pasaba por la mente, los Block alimentarían a Killer conmigo, mi madre suspirando sobre mi tumba abierta, los dolientes pogueando, mi tía llorando en el hombro de la chamarra de su novio. Bien, las cosas no pueden empeorar, pensé, pero estaba equivocado.

Traducido por Carlos Aguasaco

Una noche en Banshee

Llegamos a Banshee alrededor de las seis y parqueamos en frente. Este es territorio de los Rowley, así que no teníamos ningún problema. No hay que pagar entradas ni multas. Sin policías. El bar es propiedad de mi tío Gerry Rowley, que rima con *growly*[5], gruñón a veces pero por lo general no al frente de la familia. El Banshee está localizado en la avenida Dorchester en el sur de Boston. Es un bar y un restaurante irlandés. Es, en sin lugar a dudas, una historia Irlandesa. Una historia grandiosa.

Frank, el manager del tío Gerry se acercó a nosotros y le sonrió a mi prima.

—Hola, Susan. Me alegro de verte. Tu papá está atrás. Está en una reunión pero no tardará mucho.

— Está bien. No lo interrumpas. ¡Sólo vinimos a tomar té!

— Magnífico. Nos sentimos honrados por supuesto.

Parecía como si él estuviera coqueteando con ella y pude notar que se gustaban. Adopté mi mirada hosca y no dije nada cuando le di un apretón de manos a él mientras ella nos presentaba.

—Este es mi primo de Irlanda. ¿No es guapo?

—Ciertamente lo es.

—Pero yo lo vi primero.

—¡Bien!

---

5   Gruñón, malhumorado. (Nota del traductor).

Ellos se rieron.

Así que él era *gay*. Todo bien. No más pánico. Lo dejaré vivir. Adopté mi mirada agradable.

—Encantado de conocerte— le dije. Puedo ser camaleónico. Nos sentamos en una mesa cerca de la parte delantera. Susan saludó a la gente sentada en otras mesas. Universitarios de tipo variopinto. Me limité a asentir sabiamente como si supiera de qué se trataba todo esto. Mis habilidades de interacción social no eran las mejores. Y mi educación un poco heterodoxa había deformado mi habilidad para socializar para siempre. Yo tenía dieciséis años, pero no lo aparentaba ni lo sentía.

Susan se levantó y se fue a hablar con algunos de sus amigos.

Frank me preguntó— ¿Cuántos años tienes? Pareces de doce.

—Es que soy vegetariano.

—¿Cómo ayuda eso?

—Te mantiene joven. Deberías probarlo.

—Muy buena respuesta. Definitivamente tienes una boca brillante.

—No puedo evitarlo.

— ¿Ves a lo que me refiero?

Susan regresó y se sentó y suspiró con satisfacción y me arranco el menú de las manos.

—No sé por qué soy tan popular.

—Sí, es difícil de entender.

Ella me dio un puñetazo en el hombro. Uno fuerte. Tomé otro menú y miré la lista: todo un paraíso carnívoro.

Cuando llegó el camarero le dije "*Chips*, frijoles con arroz y una taza de té".

Susan se rió y Frank sonrió de manera burlona.

Me puse tenso pero Susan me tocó el brazo y dijo: "Voy a ordenar el mismo plato". —Frank se rió, sonreí y eso fue todo. Todo bien.

—Deberías probarlo, Frank. Es bueno para ti —dijo Susan.

Él dudó por un momento. Tiene que ser la hija del jefe o ¿es tal vez su constitución carnívora? El cerebro ganó esta vez.

—No, Susan. Yo me quedo con la carne. Esas cosas vegetarianas me matarían en esta etapa del juego.

—Está bien, pero no esperes que nosotros te visitemos en el pabellón de cáncer —, dijo Susan.

—Me arriesgaré. Para que yo aterrice en el hospital necesitaré más de un pedazo de carne.

Él tenía razón.

—Voy a ordenar el *bistec*. La carne bien jugosa camarero.

—Los chips son las papas fritas por si no lo sabes— dijo Susan al camarero cuando salía con la orden.

Yo diría que ya lo sabía. Esto es Southie[6] después de todo.

Miré a mi alrededor. El lugar estaba lleno. Irlandeses e irlandeses-americanos. Primera, segunda y tercera generación irlandesa. Los camareros y el personal del bar se apresuraron a cumplir con los pedidos y las camareras trataron de evitar escuchar los mismos piropos que ya habían escuchado antes. Era un ambiente relajado pero yo estaba seguro de que nadie se iba sin pagar. Sólo había ruido en la cocina, los cubiertos y las cajas registradoras. El lugar era amplio, luminoso y aireado. Había cabinas y un montón de grandes mesas que podían albergar a un gran número de clientes, no como esas cloacas hundidas de McDonalds donde el trasero quiere salirse de los asientos curvados después de cinco minutos, que es precisamente lo que quieren. Muchos ingresos, en más de un sentido.

El Tío Gerry se unió a nosotros. Le dio un beso a Susan y me miró.

—¿Cómo está Billy the Kid— preguntó riendo. Él debe haber oído hablar de mi afición por las armas, supongo yo. Mi madre era una chismosa. A diferencia de mí.

—Yo no soy un niño— le dije y le di una sonrisa sin ganas, débil.

—Mira, Frank—dijo Gerry. — Una sonrisa. Estamos progresando.

---

6 Southie o el sur de Boston es un barrio irlandés en Boston, Massachusetts. (Nota del traductor).

Frank miró por encima y se perdió mi sonrisa leve, pero no evadió las balas. Le dieron en el hombro dos veces. Vi dos rosetas de color carmesí, seguidas por un inmenso ruido de varias armas de mano. Miré hacia arriba. Había tres chicos, blancos y flacos, disparándonos. Los tres tenían dos pistolas cada uno, una verdadera escena del viejo oeste. El camarero que estaba detrás de nosotros cayó con dos disparos en la cabeza, no hay posibilidad que sobreviva. La cerveza, el cambio, la bandeja y su sangre irlandesa salieron volando. Una camarera, un mesero y dos clientes en la mesa justo detrás de nosotros también cayeron heridos. Estaban disparando salvajemente. Deben haber estado nerviosos. El Tío Gerry fue impactado en la cabeza; un torrente de sangre le salía de las orejas. Todo un desastre.

Susan estaba gritando junto con la mayoría de los clientes y el personal. Frank se había levantado tan pronto como comenzaron los disparos y, a pesar de que fue impactado dos veces, con un movimiento reflejo lanzó un plato de panecillos, y trató de sacar su pistola. Sin embargo, se cayó y golpeó la mesa antes de dar con el suelo, llevándose el mantel y los cubiertos con él.

Di un salto delante de Susan para protegerla de los proyectiles. Yo soy algo así como un retorno a la época de la caballería. Mi madre nos metió eso en la cabeza. Ahora se ha convertido en un acto automático. Tengo que levantarme del sillón si me presentan a una mujer. Tengo que defender a las mujeres. Todo el mundo tiene defectos que son fatales. Una bala me rozó la sien y otra me rozó el hombro y ese fue el final de los días de ese suéter de Arán[7]. El dolor era inmenso. Me senté en mi trasero en el suelo con una mesa de vuelta hacia arriba en frente de mí. Con Susan detrás de mí, me escabullí hacia atrás lo más que pude. Ella no había dejado de gritar y tampoco nadie más; pero ellos no me preocupaban. Cogí la pistola de Frank de su funda y esperé, me agaché.

---

7   Tipo de suéter que toma su nombre de las islas de Arán localizadas
     en la desembocadura de la bahía de Galway en Irlanda. (Nota del
     traductor).

Oí los seis balazos secos al fuego y salté de la mesa volcada y disparé al primero que estaba más cerca de mí en la mejilla. Él sólo estaba recargando. No debería haber usado una calibre .22 desde tan lejos. Es muy buena para las ejecuciones de cerca pero inútil a más de tres pies de distancias. Un lado de su cabeza explotó. El segundo hombre miró hacia arriba y yo le disparé por encima de la ceja izquierda. Un tiro milagroso. Perdió su cerebro y su vida. El tercer tipo tenía el arma cargada y comenzó a disparar contra mí. Me levanté y seguí caminando hacia él disparando a medida que caminaba. Era como un clip en camara lenta tomado de una película de gángsters o Wyatt Earp en un salón del viejo oeste. Me sentí genial e invencible. Yo estaba completamente vivo. Sabía que no me podía dar. Seguí caminando. Incluso sonreí.

Él vaciló y se echó a correr; se resbaló en la sangre y en la cerveza derramada, pero se puso de pie de nuevo y corrió. Corrí tras de él. Susan me estaba llamando. Las sirenas se acercaban. Él tropezó cerca de la puerta. Yo estaba a su lado en un instante.

— Suelta el arma.

La soltó.

—Abre la boca.

La abrió.

Le introduje el cañón en la boca.

—Despídete.

Dijo adiós. (Sorpresivamente).

Le vole la cabeza y la gorra de béisbol que tenía puesta. Note que llevaba un amuleto de la suerte: una pequeña cruz esvástica de plata en el cuello. Muy encantador[8].

Corrí de nuevo hacia Frank y lo agarré por el cuello.

—¿Dices que eres un maldito guardaespaldas?

Apreté la pistola contra su cabeza.

—Debería volarte los sesos.

En cambio, me apunté con la pistola a la sien y disparé. Yo

---

8 Del inglés "charming". Expresión de sarcasmo que se burla del lucky charm o amuleto en el cuello del abatido a balas. (Nota del traductor)

sabía que estaba sin balas. Las conté durante el tiroteo. Ellos se encogieron. Parecían impresionados. Yo mismo estaba impresionado.

Traducido por Amaury Rodríguez

Infectado

Yo era el más joven en la Juventud Aria en Galway, o Irlanda, o en el mundo probablemente, cuando me uní al Partido de Gran Bretaña e Irlanda (NSWPGBI) Nacional de Trabajadores Socialistas. Incluso el Tercer Reich tenía una edad mínima de ingreso de trece años, pero yo siempre fue un innovador. Yo tenía doce años. El número de miembros en Irlanda era demasiado bajo para inscribirse en persona, así que mis documentos de ingreso llegaron por correo. Sabía lo que eran por el águila grabada en relieve en la parte posterior del sobre. Juré lealtad al partido, a los ideales arios, la sangre pura, la perfección.

El sobre incluía un brazalete con las runas de la SS que yo llevaba día y noche. Mientras marchaba hacia atrás y adelante en mi dormitorio, admiraba el brazalete y mi perfil ario en el espejo del armario. Tenía el mejor paso de ganso en Galway. Desarrollé increíbles músculos en los muslos y las pantorrillas. Mi madre solía golpear el techo: — ¿Qué demonios está pasando ahí? — Ella gritaba. — Este muchacho es un psicópata —, solía decirle a mi padre. Él no respondía. Solo seguía puliendo y reparando mis zapatos ya que yo desgastaba el cuero.

Sentía que tenía las credenciales adecuadas para destacarme en la vida de esteta como lo exigía el partido y una dedicación inherente a los objetivos del partido. El objetivo de seducir a doncellas arias sería un problema ya que yo era patológicamente tímido. Durante las fiestas de cumpleaños o bodas familiares, cuando me preguntaban si quería bailar con las chicas, siempre me negaba y me sonrojaba. Me daba la vuelta y me alejaba con paso de ganso. Eso les enseñaría.

Leí los discursos de Adolf Hitler y su delegado Rudolph Hess, cuyo porte Germánico y ojos profundos me atraían. Le escribí a Hess a la prisión de Spandau en Berlín Oriental, pero las cartas siempre regresaban "Devolver al remitente", "No existe en esta dirección". De hecho, él era la única persona en esa dirección.

Me gustaba la obra del arquitecto Nazi Albert Speer, quien diseñó los espectáculos de Nuremberg donde las tropas se congregaban en falanges simétricas, con millones de banderas y pancartas que evocaban a las legiones de Roma, águilas, esvásticas, reflectores de luces de arco que fluían hacia el cielo, y las columnas de cientos de pies de altura de la Arena de Nuremberg.

Por las noches, sintonizaba nuestra radio de onda corta con el fin de captar una estación alemana y la escuchaba mientras marchaba. Encontré una copia de un LP en una tienda de segunda mano que tenía *"Deutschland über Alles"* como una de las pistas, así que lo escuché hasta que las ranuras del vinilo se desgastaron. Yo mismo estaba agotado de estar marchando.

Yo fui el primer chico en Galway (o repito, en el mundo probablemente) que ordenó los discursos de Hitler en su lengua original de la Biblioteca Británica a través de un préstamo interbibliotecario (ILL). El personal de la Biblioteca Pública de Galway en la Plaza de Palacio de Justicia no sabía cómo solicitar un préstamo interbibliotecario, por lo que fui enviado a la biblioteca de la universidad donde el bibliotecario de la universidad, aunque sorprendido, autorizó la solicitud en interés de la libertad académica y la investigación. Cuando una postal llegó a la casa, mi madre me dijo "¿Qué diablos es un ILL?" Traté de explicar, pero después de treinta segundos ella se alejó y salió afuera a encender otro Sweet Afton.

Me aprendí de memoria los discursos de Hitler en Alemán, pero no tenía ni idea de lo que estaba diciendo, así que tuve que conseguir las traducciones, de nuevo, a través de un ILL. Para entonces, el personal de la biblioteca de la universidad me conocía. Ellos imitaban el saludo *Heil Seig* cuando el bibliotecario no estaba allí, y, naturalmente, yo se los devolvía. El piso era de teca pulida, así que al completar el saludo los tachones de metal en las suelas de mis zapatos hacían un ruido satisfactorio. Estaba realmente tentado a marchar por el pasillo largo de la biblioteca para poder demostrar mi perfecto paso de ganso, pero me contenía.

Imitaba los saludos poco entusiastas de Hitler, las muecas faciales. Yo no estaba interesado en el corte de pelo y carecía de vello facial, por lo que el bigote era un imposible. De todos modos yo prefería las características germánicas clásicas como las de Rudolf Hess. Para mantener mis opciones abiertas, sin embargo, consulté con Chick, el barbero local, para ver si podía cortarme el pelo como Hitler. Traje un volumen de la Enciclopedia Británica para mostrarle. Era muy pesado, y para cuando llegué a Dominick Street ya tenía mis dudas.

—Yo sé cómo tenía el pelo, —dijo Chick. —Es una vergüenza. Esa Eva Braun debe haber estado clínicamente ciega. Chick no bebía ni fumaba, pero había dejado inconsciente a varios chicos en las pistas de baile de la *Hanger* y *Seapoint*. Él mantenía caballos salvajes en su finca y celebraba carreras improvisadas en las tardes calurosas de verano.

—Si quieres tu corte de pelo como uno de nuestros mártires de 1916, puedo hacer eso. Tenían largas cabelleras irlandesas antes de que los asesinos británicos les volaran las cabezas con balas de fusil en la cárcel de Kilmainhaim. —(Yo no quería decirle que en realidad fueron fusilados en el corazón. Chick tenía una fijación con las cabezas).

No debí de haber preguntado por el pelo de Hitler mientras estaba cortando el mío. Él perdió su concentración y entró en piloto automático por lo que cuando salió de su embelesamiento, yo era el primer *skinhead* en Irlanda, además de ser el más joven recluta de la Juventud Aria. Supongo que era apropiado.

Mi madre me golpeó cuando entré.

—¿Qué clase de mierda de corte de pelo es ése? Espera hasta que tu padre llegue a casa. Levántate de esas escaleras.

Y entonces mi padre llegó a casa.

—Gran corte de pelo, —dijo. —Te ves como un Apache.

—Los Apache tienen el pelo largo.

Yo era meticuloso con respecto a los detalles.

—¿Lo tienen? Bueno, un Kiowa o un Comanche ¿entonces?

—No. Lo más cercano sería un Mohicano.

— Está bien, te ves como un Mohicano; no lo vuelvas a hacer. Tu madre nos va a arrancar la cabeza a los dos.

Él se rió de su propio comentario. Yo no lo hice. No tenía sentido del humor. Estoy un poco mejor ahora. No me importaba. Con la cabeza afeitada, yo podía fingir que era un guardia de la SS. Pensé que todo tenía sentido. Yo estaba enamorado de los bombarderos Stuka, Blitzkrieg, Unterseeboots, Messerschmidts y Panzers.

Mientras otros adolescentes dibujaban corazones románticos atravesados con flechas, yo estaba dibujando esvásticas, o los racimos de hojas de roble entrelazadas con los que premiaban por valentía a los pilotos Stuka. Yo tenía una fijación con las Stukas. Dibujé Cruces de Hierro y las runas en forma de rayo de la SS. Sin lugar a dudas yo era un muy comprometido principiante Nazi.

Irlanda tenía vínculos fuertes con Alemania, lo que ayudó a moldear mi perspectiva benigna. Alemania era el aliado natural del IRA, ya que cualquier enemigo de Inglaterra era un amigo de Irlanda. Alemania proveyó armas al IRA. Trajeron a hombres del IRA en submarinos hasta las costas irlandesas. El arma más comúnmente utilizada por el IRA era la Luger.

Asumimos neutralidad durante la Segunda Guerra Mundial para mostrar a Gran Bretaña que después de 800 años de sometimiento éramos verdaderamente independientes. Es por esto que el presidente de Valera firmó el libro de condolencias en la Embajada de Alemania en Dublín después de que Hitler nos hizo a todos un favor.

Hitler tenía un sobrino irlandés llamado William, quien se instaló en Berlín cuando estalló la Segunda Guerra Mundial y se vestía como su famoso tío, incluso cruzando los brazos y llevando el mismo tipo de bigote. Al parecer, la megalomanía corría en la familia, aunque en el caso de William era más benigna. Hitler odiaba a su 'sobrino abominable' y no tenía ninguna lealtad familiar de ningún tipo. Él decia que no llegó a ser canciller para dar empleo a sus familiares. Políticos irlandeses, tomen nota. Hablaba en serio, porque cuando un pueblo en Austria instaló una placa para conmemorar su lugar de nacimiento, Hitler ordenó que la ciudad fuera utilizada como campo de tiro. Como resultado, todos sus parientes en el cementerio fueron volados en pedazos. William podría haber jugado al fútbol para Irlanda, pero hubiese necesitado tener el cuero grueso, un rasgo no observado en la familia Hitler.

—¡Hitler, ciego de mierda! ¡Mete un puto gol! ¡Hitler, dumkoff! ¡Blitzkrieg el puto gol ¿por qué no lo haces? Somos difíciles de complacer. Todos sabíamos lo que dumkoff significaba gracias a las caricaturas *Víctor*. Otra frase pegadiza que asimilamos fue *Donner und Blitzen*.

Grabé el sonido de la sirena de ataque aéreo en la estación de bomberos local en Father Griffin Road y la escuchaba de noche recostado en mi cama mientras observaba mis modelos Stuka en la oscuridad. Me tomó mucho tiempo llegar a acumular una grabación decente porque sólo sonaban la sirena cuando se producía un gran incendio. Así que la mayor parte de tiempo me senté a esperar a los pies de la estatua del Padre Griffin el próximo incendio y la próxima entrega de la sinfonía de la sirena.

Aunque en papel y en mi mente yo tenía buenas credenciales para la afiliación a la NSWPGBI, me encontré con problemas. El líder del partido en Dublín fue apuñalado, lo cual disminuyó mi entusiasmo. Querían volver a reunir a Irlanda con Inglaterra. Eso era imposible ya que todos mis parientes eran ex miembros del IRA que todavía llevaban sus revólveres bien aceitados y sabían cómo usarlos. Decidí renunciar. Me gustaba seguir el protocolo, por lo que escribí al cuartel general en Dublín para darles la mala noticia. Yo no quería ser ejecutado por uno de mis propios parientes, un pasatiempo irlandés. Además, yo parecía ser el único miembro en Galway.

Y ya que tenía doce años, me pareció difícil la idea de cazar a los "indeseables".

Uno de esos grupos en Galway, que yo podía identificar, eran camareros chinos que fumaban cigarrillos delgados en cadena y practicaban complicadas katas de kung-fu en el patio trasero del Palacio de Oro en Mainguard Street. Dado que alimentaban a la mitad de Galway, yo sabía que no debía meterme con ellos. De todos modos, yo no hubiera podido sobrevivir sus discapacitantes patadas circulares. De todos modos, ellos no estaban en los folletos. De todos modos, me encantaba Bruce Lee.

Las únicas personas negras en Galway eran los Cazabons de Filadelfia quienes se desplazaban con movimientos ágiles y elegantes a través de los pasillos de nuestra escuela, jugaban baloncesto con delicadeza y habilidad, y me matarían si yo intentara algo en contra de ellos. Me gustaba cómo hablaban y caminaban y tocaban la guitarra eléctrica y miraban a las chicas con placer lánguido. Probablemente podrían avanzar más con las doncellas Arias de lo que yo jamás lo haría.

Un día estaba en la librería Peddler en *Middle Street* desde donde mantenía estrecha vigilancia sobre el restaurante chino al otro lado de la calle y también me escondía de los merodeadores de los Sepientes de Cascabel. Ellos ni siquiera sabían qué eran los Nazis. Estaba un poco incómodo en Peddler, porque el dueño era un miembro de otro grupo minoritario que en teoría yo debía aniquilar. Él fue el primer hombre gay de los búnkeres de hormigón de Mervue. Al igual que con los chinos y los Cazabons, con él también me estaba haciendo el de la vista gorda. Él tenía una tienda enorme, así que lo dejé pasar. Yo estaba perdiendo el empuje. En la Peddler, me alejé de las ventanas hacia la parte trasera de los estantes en el caso improbable de que los Serpientes de Cascabel me vieran allí. Ellos tenían tanto respeto por los libros como los Nazis. Esa fue otra advertencia para mí. Yo devoraba libros día y noche.

Mientras buscaba libros acerca de la ingeniería Panzer y el diseño de uniforme Nazi y la eficacia despiadada de Blitzkrieg en los estantes traseros de la librería, me di cuenta de un libro con altas chimeneas grises que me recordó a la chimenea de la Lavandería *esvástica* en Dublín. En nuestros pocos frecuentes viajes de un día desde Galway siempre esperaba verla. Siempre traté de mantenerla a la vista mientras caminábamos y seguía mirándola alejarse detrás de mí mientras cruzábamos intersecciones muy transitadas. Aparte de la Columna de Nelson, que el IRA hizo estallar como parte de la guerra contra Gran Bretaña, una *Esvástica* de cincuenta pies de rojo sobre un fondo blanco era el emblema más llamativo en Dublín.

Mi madre, molesta, me empujaba a lo largo del camino.
— Mira por dónde vas.
— "Dumkoff", yo contestaba.
— ¿Qué?
— Mira por dónde vas, dumkoff. Eso es Alemán para…
— Sí, lo sé. Dame un respiro durante un día de tu puta vida, — decía mi madre.

Tenía una habilidad especial con las palabras. Tremenda perspicacia. Como la punta filosa de un anzuelo a través de los ojos de peces miniatura.

El libro raído era *La historia de Auschwitz*, de Olga Lengyel. Comencé a leerlo. Cogí otros libros acerca de los campamentos Nazi. Páginas desplegables con fotos en blanco y negro. Cadáveres demacrados arrojados a un lado en caminos de fango — imágenes obscenas de huesos humanos amontonados a lo largo de las hileras de alambre de púas. Demacración, ojos hundidos, muerte en masa, muerte apiñada. Muerte en las zanjas. Criaturas diabólicas. Criaturas diabólicas que hicieron esto. Montañas de zapatos y anteojos. La economía despiadada de asesinatos en masa.

Traje estos libros a la casa: *Eyewitness Auschwitz: Tres Años en las Cámaras de Gas* de Filip Muller y *Dentro de las Cámaras de Gas: Ocho meses en el Sonderkommando de Auschwitz* de Shlomo Venezia. Los leí de una sentada.

Regresé a Peddler y a la Biblioteca del Condado de Galway. Leí acerca de Treblinka y Sobibor y Zylon B y Einsatzgruppen.

Leí acerca de la eugenesia y la solución final, el gueto de Varsovia, los experimentos de Josef Mengele, las inyecciones de fenol en el corazón, la inmersión hasta la muerte en agua helada, el exterminio de niños y adultos con discapacidades, el retraso de los Aliados en la liberación los campos de la muerte, el cálculo sórdido y espeluznante y la ejecución sin piedad de todo lo ocurrido.

No podía asimilar la magnitud de lo que ocurrió allí. Sabía que había una conexión entre todo eso y los folletos que recibí con mis papeles de iniciación, pero era difícil aceptar que yo podría estar perpetuando todo eso. Me habían seducido con los uniformes elegantes, los Panzers a exceso de velocidad, las Stukas en picada, y la organizació de las tropas en columnas. Estaba absorbido por la apoteosis de la estructura y la organización y el compañerismo, porque yo no conocía nada mejor.

Unos meses más tarde, yo estaba internado en el Hospital Regional, demacrado, esquelético, como una broma cósmica acerca de invencibilidad aria. Desde la ventana del hospital vi a los chicos bravucones de Shantalla en los jardines detrás de sus casas. Vi a los Serpientes de Cascabel mientras se arrastraban por el concreto, sus cuerpos cantando con salud y pureza.

Mi belleza aria desfigurada, superficial, escapándose. El profundo color rojo de la sangre ahora en sábanas blancas, una bandera brillante de la corrupción — la perfección aria. Ya no me escondía por los rincones de Galway, la Ciudad de las Tribus, a la caza de los más imperfectos que pudiesen infectar nuestra tribu. La tribu ya estaba infectada.

Por mí.

De ronda por la clínica, el Dr. Cazabon se detuvo en mi cama. Se agachó para poner su mano negra y fría en mi frente pálida y brillante. Sus ojos claros y sanos revisaron los míos.

Yo aparté la vista.

—Vas a estar bien, —dijo.

Pero nunca lo estuve.

Traducido por Lara Rodríguez

Escucha esto

Maté a mi padrastro cuando tenía casi quince años. Nadie lo vio venir, especialemte él.

Su nombre era Greg y yo le decía *"egg"* porque yo lo odiaba a él y a los huevos. Los huevos salen de cloacas y Greg era el señor cloaca. Los huevos son muy buenos ambientes para cultivos virales anacrónicos. Greg era un anacronismo de los sesenta, de los mantras, de los sanduches de tofu, del yoga, de las charlas de almohada, de la angustia al cubo, del desaliño (no se afeitaba allá abajo), si eso es una palabra, lo que dudo, pero no lo voy a averiguar, hombre. Greg estaría orgulloso de ese "Hombre", hombre. Si su gruesa cabezota no estuviera a 180 grados de donde debería estar. Pero, déjame ir un poco atrás.

Greg estaba en lo de la energía Ki y toda esa mierda. Mi madre se enamoró de eso. Yo no lo podía aguantar. Lo conocí cuando mi madre lo invitó a tomar té. Mi hermano y yo estábamos parados adentro en el vestíbulo mientras mi madre nos lo presentaba. Yo lo veía con una mirada altiva, los ojos de hielo que mi padre me había heredado, tratando de quebrar a Greg antes de que siquiera empezara.

—Sean amables, muchachos. —Dijo mi madre.

Lo fuimos. No le apuñalamos la ingle, por ejemplo.

Mi hermano Rob solo se volteó y entró al comedor. Él tenía una inteligencia mordaz que había empezado a quemarle algunas conexiones neuronales; así que no desperdició tiempo en amabilidades o cháchara, como las llamaba. Él era muy chistoso. Estudiaba libros de nemotecnia, ovnis, levitación, cirugía psíquica y patología forense.

Greg observó la figura de Rob en retirada y empezó a sudar un poquito. Su "*sang-froid*" ya estaba fuera de la puta fenestre. ¡Baby! Yo estaba aprendiendo francés en la escuela para poderme enlistar en la Legión Extranjera.

Mi madre me empujó al pasar. Dócil como siempre, me fui con la corriente y los seguí hasta el comedor. Supe, por la forma en que hablaban, que la cosa iba en serio. Tengo un sexto sentido para los desastres potenciales. Si hubiera estado a mano en el accidente del Hinderburg, podría haber salvado vidas o, al menos, no habría llorado como la transmisión en directo desde New Jersey. Yo creía que ellos deberían haber sido fuertes allí.

Lo del té fue un asunto tenso; pobre tipo. No le dije nada. Ocasional y discretamente sacaba la lengua mientras tenía la boca llena de pan Brennan masticado. De hoy, la saliva de hoy. Mientras tanto, mi hermano leía *Una enciclopedia de ejecuciones*.

Greg era uno de esos tipos liberales de la Nueva Era que yo instintivamente quería picar con un hacha. Tengo que admitir que no parecía haber sido afectado por mi pan parcialmente disuelto en saliva, pero yo sabía que tenía que estar sudando. Trató de meterme en la conversación, pero yo lo ignoraba. Habló de auras, etcétera, hasta que yo estaba deseando que un fuego del cielo lo envolviera. La combustión espontánea es rara, pero quizás él estaba lo suficientemente seco para producirla.

A mitad del almuerzo, Rob se paró y dejó la mesa sin decir nada. Greg lo miró desconcertado y trató de seguir hablando, comiendo sin consumirse en llamas. Mi madre me dijo que podía dejar la mesa, pero me quedé allí absorbiendo tanta energía Ki y mierda como fuera posible. Ellos eventualmente terminaron y se fueron a la sala de la televisión. Greg me miró y gritó *"toodle-pip"*.[9]

¿Toodle-pip? !Qué cabrón! Un saludo en verso, para chulos. Su jactancia y paciencia fingida rebosaban, a diferencia de su médula. Después de unos minutos me les uní. Rara vez veía televisión, excepto *El mundo en guerra* y otros documentales de la Guerra relámpago o una nota ligera de *F-Troop, El super agente 86* y *Green Acres*. Esos programas eran genio destilado; un poco como yo, supongo. La Agente 99 probó que las mujeres eran más inteligentes y nada me ha hecho cambiar de opinión desde entonces. Ella era un buen modelo para el movimiento feminista, especialmente porque era muy inteligente (no como Max Smart) y además podía usar un arma. Ella sería perfecta en uno de los libros de Chandler o uno de los míos si algún día los escribiera.

Yo amaba al cabo Agarn de *F-Troop* y al cabo miope que caía al pozo al comenzar el programa, y al teniente incompetente y su novia, la de las borlas. No podía imaginarme cómo ella podía sentirse atraída por él mientras yo estaba completamente disponible. Mi edad y el rayo catódico de la televisión eran barreras insalvables supongo, pero no se frenaban por el deseo. Incluso el cabo Agarn era una mejor opción para ella.

Yo creía que Arnold "el cerdito" era uno de los mejores actores de la televisión. Su dueño, el señor Haney, era un gran compañero para Ava Gabor. Me encantaba como ella tiraba los platos por la ventana cuando terminaban de desayunar. Yo mismo lo intenté y se sentía bien. Me robé los platos de la ferreteria local por unos meses. Nadie esperaba que se robaran la vajilla así que la seguridad era poca y tuve el campo libre por un tiempo. Eventualente, reposicionaron sus fuerzas (saqué eso de *El mundo en guerra*) pero para entonces yo ya me había ido.

---

9   *Toodle-pip* es una forma de despedirse en la Gran Bretaña. Aunque es amistosa puede relacionarse con la forma de hablar de las clases altas, por lo tanto en el contexto suena arrogante y acartonada. (Nota del traductor)

De todas maneras, mi madre y Greg estaban sentados muy juntos cuchicheando cuando entré pero se alejaron.

—Continúen— dije y levanté el *Víctor*. El cómic tenía unas buenas reconstrucciones de cargas Banzai en Iwo Jima a pesar de que yo sabía que eran al revés. A intervalos bajaba el *Víctor* y mirba sobre el borde del cómic a la pareja cortejándose. Fingían estar viendo la televisión pero sabía que sus gónadas se encendían como las puntas rojas de sus cigarillos. Continuando con mi campaña de guerra psicológica, le guiñaba a Greg cuando estaba seguro de que hacíamos contacto visual. Eso es oftalmológicamente razonable, no alto autoconocimiento.

Cuando comenzó *El fugitivo*, yo me interesé y tiré el *Víctor* a través de la sala. Mi madre gritó:

—Víctor, levanta ese *Víctor*.

Creo que es justo que todos tuvieramos un cómic con nuestro nombre.

—Yo no fui. — Dije.

—Claro que fuiste tú.

—Yo no fui.

—Fuiste tú. No hay nadie más acá.

—¿Y Greg?

—¿Qué pasa con Greg?

—Exactamente.

—¿Cómo pudo hacerlo Greg? Él está sentado a mi lado.

—¿Qué tal toda esa energía Ki y todas esas cosas?

Greg se veía pálido y se estaba poniendo aún más pálido y sudaba. La combustión espontánea ahora era imposible.

—Greg, no le hagas caso. —Le dijo mi madre dándole palmaditas en su mano.

—No hay problema.

¡Santo God-o!, pensé, como en Beckett, no en el *Testamento*[10].

—¿Greg?

—¿Sí, chico?

---

10 Juego de palabras entre la obra *Esperando a Godot* de Samuel Beckett y el Dios (God en inglés) de la Biblia. (Nota del traductor)

Tenía que admirar su tenacidad. Me miraba con tal since-
ridad y apertura que casi me río. Mi madre se veía relajada
también.

—Greg, ¿cómo hace un manco para limpiarse el culo?

Mi madre se paró y me levantó del suelo.

—¡Sal de aquí, loco bastardo! Dijo.

Un poco dura, creo. Levanté el *Víctor*. En la puerta me volteé.

—*Toddle-pip.* —Dije, pero no esperé la respuesta.

Cuando subí a nuestro cuarto, Rob estaba sobre las cobijas
leyendo. Le dije lo que había pasado. Se río. Me reí también y
corrí hacia la cama vitoreando, saltando y aterrizando sobre
él. Me hizó cosquillas y luchamos. Cuando me dormí, soñé con
el manco estrangulando a Greg.

Greg regresó el fin de semana para otra sesión de té juntos. Cuando lo estaba tomando, salí. Estaba interesado en
la guerra de baja intensidad (de nuevo cortesía se *El mundo
en guerra*); entonces, cuando me di cuenta que la tapa de la
gasolina de Greg estaba floja, decidí orinarme en el tanque.
Era difícil orinar hacia arriba y producir un arco que entra-
ra en por abertura, pero los machos tenemos una habilidad
innata para esto por siglos de práctica. Tenemos un gene
dominante de meada de arco que evoluciona. Mi madre me
llamó adentro para el té.

—¿Orina, Madam? Le pregunté desde la parte trasera del
carro.

No notó que yo estaba terminando. Ella nunca usa gafas
en sus citas. Cuando pasaron a la sala de la televisión después
del té, yo salí de la casa y corrí por la tarde otoñal, llena de
mediasluces y sombras.

Cuando regresé, Greg estaba parado al lado de su carro
mientras un hombre de la AAA lo enganchaba a la grúa para
remolcarlo. Mi madre se veía consternada y pude ver a Greg
molesto.

—Barrio con mal éter. — Dije mientras pasaba hacia la casa.
Corrí por las escaleras para contarle a Rob. Le encantó, sobre
todo la parte de la orinada, aunque me explicó acerca de las

cualidades innatas de la orina y su pureza a menos que se tenga sífilis o una infección en los riñones.

—Sí, sí, sí. Eso es genial.

—En serio, aunque.

—Ya sé Rob. No me jodas.

Greg no regresó hasta que se habían casado. Greg era un ángel de la calle y un demonio en la casa. La fachada de entonación mantra de la Nueva Era era sólo eso. Sólo un show, y la fachada se desvaneció rápidamente. Eso es una aliteración para ti.

Empezó de a poco.

—Óyeme bucko. Esos, lo que sea, Sunaday roasts, frijoles horneados, suéteres, zapatos, medias, Jack's paper, etcétera, no crecen en los árboles, ¿sabes?

—Sí, lo sé.

Él odiaba eso.

—Excepto los cocos—le decía. —Pero parece que nunca tenemos.

Eso lo odiaba aún más.

—Los niños hambrientos de África desearían ese lo que sea; Sunday roasts, frijoles horneados, mermelada y helado, salmonela…

—En realidad es semolina. Ellos ya tienen salmonela.

Eso sí que lo odiaba.

Eventualmente, Greg comenzó a golpearme cuando mi madre no estaba. Yo no respondía. Recibía los golpes y me levantaba del suelo y lo encaraba de nuevo. Lo veía a sus ojos instándolo a que me pegara, y lo hacía. Algunas veces le esquivaba los golpes tan elegantemente que yo mismo me impresionaba. Le mostraba que podía evitarlos cada vez que quería, pero generalmente los dejaba alcanzarme. Quería incubar ese dolor como los caldos de cultivo zumbando e hinchándose como monstruos dentro del rico nutriente de albúmina. ¿Mencioné que odiaba los huevos?

La reacción de Greg contra mí se encendía con mi habilidad para ignorarlo aun cuando me estuviera regañando o golpeando. Aprendí a no responder a cualquier golpe. Sólo le sonreía y lo miraba fijamenteen a sus ojos grises.

Sus golpes de refilón a mi cabeza y orejas dejaban poca evidencia pero eran muy dolorosos. Sus puñetazos certeros en mi espalda y estómago me dejaban moretones, pero estos apenas se veían. Cuando mi madre finalmente se lo comentó, él la atacó.

Grandes puños volando por el aire, golpeándola a los lados de la cabeza. *Clatters*, así los llaman en Irlanda. Presagio e intento plegados en el efecto áurico del mundo. Gruñidos ruidosos de él y quejidos sofocados de ella cuando los puñetazos la alcanzaban y era lanzada contra la puerta, la televisión o el suelo. Yo lo atacaba con los puños, botellas de leche, el atizador, una lata de frijoles.

Una vez le clavé un cuchillo de cocina en la escápula. Tuve que saltar para alcanzarlo. El dolor debió ser enorme teniendo en cuenta su resoplido. Rob estaba lejos, en la escuela de medicina cortando cadáveres, pero Greg era un cuerpo viviente y yo quería donarlo a la investigación médica. Dejé que el tiempo llegara y llegó; la víspera de mi cumpleaños número quince.

Yo salía de mi habitación cuando lo vi saliendo de la suya. Estaba estirando los brazos y bostezando para ir al baño. Pude haber hecho esto en otra occasión pero mi intelecto siempre me sobrepasa. Pero hoy no. Ya iba a cumplir quince, era el momento de crecer.

Mientras él pasaba por la parte superior de las escaleras, corrí la distancia del salto y, con una perfecta patada voladora de dos pies, lo golpeé en la parte baja de la espalda y cayó a tumbos por las escaleras sin siquiera tartar de volar. Greg se dio cuenta del peligro sólo hasta el último instante cuando su visión periférica notó un movimiento alto y rápido, demasiado tarde. Yo aterricé en mis talones en el rellano superior de las escaleras; un diez, puntaje perfecto si la patada voladora muerte de padrastro fuera una prueba olímpica. Grado de dificultad: alto. Lo vi caer dando tumbos por los escalones, rompiendo la parte de arriba del pasamanos tanto como su cuello. Sonó como el máximo ajuste de un quiropráctico. Gritó con pánico mientras caía, pero no había nadie en la casa que lo oyera, sólo yo.

Si hubiera sabido lo mínimo de aerodinámica, podría haber hecho algunos ajustes menores en la caída para salvarse; sin embargo, no sabía nada.

Bajé las escaleras y me incliné muy cerca para que pudiera oírme.

—Óyeme bién, puto. ¿Crees que esos pasamanos crecen en los árboles?

Por supuesto no me oyó nada. Sólo miró hacia arriba y parpadeó una o dos veces. Le salía sangre de la oreja y corría por el lustroso piso de madera. La luz reflejaba la brillante cinta de sangre. Se apozó cerca de la entrada.

Greg Sangraba.

La gran cabeza muerta de Greg.

La sangre está en el tapete.

O al menos empapándolo.

Y eso es todo.

Feliz cumpleaños Víctor. Le pateé la cabeza y rebotó como si fuera la de un pollo con el cuello roto.

Huevos a los huevos, cabrones a los cabrones.

Grité *"toddle-pip"*, luego cerré la puerta tras de mí y me adentré en la fría y oscura tarde pesada de nubes negras de lluvia que abrazaban las casas del pueblo gris.

Traducido por Carlos Velásquez Torres

El testigo

—Y que no se te olvide; nada de testigos.

—¡Por Dios! Pig. Ya te oímos la primera vez. —Le replicó Sean.

John "Pig" McCann, era como un disco rayado. "Nada de testigos, nada de testigos, nada de testigos". Había financiado, planificado, y coordinado el robo para el día siguiente. Estábamos decidiendo sobre nuestro último plan de ataque en un cuarto del Hotel Galway Great Southern. Su guardaespaldas sentado junto a él, afuera su conductor esperándolos. Sean me había escogido a mí y dos hombres adicionales para ejecutar el plan.

Y todos los testigos, por lo visto.

Ya que era un nuevo elemento en el círculo de Sean, no conocía a sus otros reclutas: Paul Lawless y Kevin Barry. Había conocido a Sean mientras trabajaba en un bar irlandés: *El Banshee*, al sur de Boston; en las paredes había afiches con equipos de fútbol Gaélicos, la Bahía de Galway, los acantilados de Moher, la Roca de Cashel. Todo al estilo de la mafia irlandesa. Música irlandesa. Afiches promocionando poetas y huelgas de hambre (en ocasiones, en el mismo afiche).

El Banshee, era un lugar repleto de acentos irlandeses. Pistolas alemanas. Pistolas en la trastienda, pistolas en la caja fuerte, pistolas en las pistoleras, pistolas en los bolsos. En Irlanda, estaba encarcelado en el Colegio Mercy, enseñándoles química a las muchachas para su certificado de graduación pero ellas estaban más interesadas en el maquillaje y los manoseos. Estaba gastando mis energías creativas en ese lugar.

Usualmente, Sean se paraba en la barra mirándose a sí mismo en el espejo que llegaba hasta el techo. La melancolía estaba impregnada en su cara, tatuaje típico irlandés. Nos saludamos con un movimiento de cabeza, el habitual abrazo irlandés. Me había dicho que tenía dos semanas libres de Galway. Lo había reconocido inmediatamente como alguien de mi ciudad natal. Siempre tuve buena memoria.

—También soy de Galway, — le dije.

—Lo sé, — me contestó, —Me di cuenta inmediatamente.

Buena memoria al cuadrado.

Además de ser un cliente asiduo del Banshee durante sus dos semanas de vacaiones, también me lo había encontrado en mi día libre en una conferencia sobre la novela de crimen en Boston. Yo le estaba comprando una cerveza a Ed Bunker, quien me decía que no debería tocarla, pero aún así lo hacía. Conocí a Ed el año pasado en Galway en el Festival Literario Cuirt. Yo no le caía bien a la enfermera francesa que lo cuidaba. Me echaba el humo de sus cigarrillos franceses Gauloise en la cara. Era una mujer despectiva.

—Irlandés, ¿no?— Me escupió las palabras con asco.

—¿Sabes? Fumar le hace daño a *votre vous*. — Le respondí Se encogió de los hombros.

Sean se acercó, también conocía a Bunker. Sean le guiñó el ojo a la enfermera. Ella le lanzó el humo en la cara y se paseó para sentarse en una banca de bar y mirarnos como si estuviese echándonos mal de ojo. Era tan linda como un cáncer. Cuando Bunker decidió irse, lo observamos caminar hacia el ascensor; la enfermera francesa gesticulando como loca a su lado.

—¡Jesús! Esa le daría a cualquiera ganas de beber —dijo Sean.

—Eso, o una embolia —agregué.

Nos sentamos a discutir Bunker, Cain, Ellroy, Hammet, Start, Oates y Woolich. Después de unas horas, Sean me dio pistas sobre su carrera criminal. Me dijo que lo considerara. Sopesé seguir siendo un maestro mediocre en un mar infestado de camorreras mujeres piraña. Entonces le dije a Sean que sí.

Sean me contó sobre sus diez años en el South Armagh asesinando soldados británicos, disparándoles entre los ojos, tratando de convencer a la Armada Británica para que se fuera a su puta casa. Se mudó al sur, a Galway y viajaba a Inglaterra una vez al mes para robar a la Sociedad de Préstamo Inmobiliario y a los bancos para el IRA. Finalmente se vio obligado a dejar de enfocarse en los bancos y vehículos blindados en toda Irlanda, ya que siempre se veían escoltados por las Fuerzas Armadas Irlandesas y detectives armados cuando se trataba de un buen cargamento de efectivo. Por su puesto los bancos no pagaban por esto, lo cual no me agradaba en lo mínimo. Llevaba el socialismo en el corazón.

Sean creía que tenía una gran golpe identificado en Galway que evitaba las escoltas armadas. No eran los bancos ordinarios, la Sociedad de Préstamo ni los vehículos blindados. Al comienzo, él simplemente dejaba pistas. Luego lo elaboraba. Me gustó la idea.

Al ser el más joven del grupo, y el último cómplice en unirse a la banda, sentí que no debía involucrarme mucho en el debate de Pig sobre la muerte de todos los testigos. Pero yo sabía que no iba a matar a nadie a menos que fuera al mismo Pig. ¡Cómo me irritaba! Yo estaba hecho para la violencia y para el juego de armas desde muy chico. Fue un milagro que fuera a la universidad y consiguiera un certificado de enseñanza. Lo hice para impresionar a mi mamá. Los hijos irlandeses hacen lo necesario para impresionar a sus madres.

Sean le explicó a Pig lo de los disfraces.

—Nos pondremos máscaras —le dijo Sean. —Así que ¿cuál es el problema? ¿Qué tipo de testigo va a ver a través de las máscaras de Lord Lucan, Ronnie Kray, Posh Spice y David Beckham?

Habíamos ubicado las máscaras en un establo al este de Londres. Definitivamente iban a causar no sólo confusión sino también grandes titulares en los periódicos.

"¡Lord Lucan Vivo! De vuelta como Ladrón. ¡Vistazo Confirmado! ¡Reportes de testigos oculares páginas 1, 2,4 a 25!"

Los tabloides están llenos de mierda. Yo también, a veces, pero los tabloides lo están siempre.

Pig McCann nació en Belfast y fue criado en el infierno. En ciertas ocasiones puede ser el mismo lugar. Nació con sífilis congénita, cortesía de su madre. Me imagino fácilmente esas secreciones virales lentamente corrompiendo sus tejidos cerebrales, lo cual podía explicar su conducta y sus procesos mentales. Su madre lo prostituía con algunos de sus compañeros.

Cuando tenía 16 años de edad, mató a tres de ellos. Los cuerpos nunca fueron descubiertos. Los desmembró y se los dio de comer a los cerdos de una granja cerca de la frontera. Por eso lo llamaban Pig. El consenso general era que había realizado un bien social y que había sido lo suficientemente inteligente para no dejar huellas. La RUC[11] no lo investigó. Aunque se podía condenar a alguien sin un cuerpo presente, eso ocurría en raros casos. Belfast pasaba por tiempos caóticos por aquel entonces, así que nadie se molestó mucho por lo sucedido.

Cuando me contaron la historia de Pig, me sentí muy feliz de ser vegetariano. No como carne, ni fumo, ni bebo, así que espero vivir una vida encantadora. Hasta ahora todo va bien, pero este asunto podría cambiarlo todo.

Pig se unió al INLA[12] y ganaba dinero por extorción, drogas, robos a mano armada y matando pedófilos, ingleses y miembros rivales del INLA. Le iba bien, pero eventualmente

---

11 RUC Royal Ulster Constabulary: la Gendarmería Real del Ulster fue una agencia de policía del Reino Unido existente en Irlanda del Norte desde 1922 hasta 2001. (Nota del traductor)

12 Irish National Liberation Army: Ejército Irlandés de Liberación Nacional. (Nota del traductor)

fue condenado a diez años al Long Kesh[13] debido a la evidencia de marihuana de Martin Kelly. El grafiti apareció en Belfast durante esos años.

—Conocía a Martin Kelly. Gracias al demonio él no me conocía a mí.

Cuando soltaron a Pig en Dublín, abandonó su puesto en la INLA pero se llevó su visión particular sobre el crimen y castigo donde fuera; en otras palabras, era un mercenario despiadado. Entonces comenzó su propia banda y era inflexible en que nunca más pudieran identificarlo en la escena del crimen. Sólo dirigía las operaciones, pero nunca las ejecutaba. Sean era su amigo más antiguo, se conocían desde Belfast, y era el único de nosotros que se sentía fuera de peligro al contestarle.

—Me importa un culo lo que te pongas —gritaba McCann. —No dejes ningún testigo.

—No tiene sentido —Sean trataba de razonar con él. —Podría haber seis u ocho personas allí. Si los matas, habrá un maldito alboroto. No habrá manera que la Policía nos deje quietos.

Pig no le contestaba.

—Este no es el norte donde se pueden matar Protestantes en camionetas llenas o Católicos en los bares y sitios de apuestas. —Le explicaba Sean. —Sinceramente a nadie le importa un culo eso. Es ojo por ojo. Pero la Guardia Nacional nos va a cazar si llegamos a masacrar a media docena de ciudadanos honrados. Sería un desafío al Estado Irlandés.

Pig exhaló humo de su cigarrillo hacia Sean.

—Es como la fiebre aftosa. Nos erradicarán sin importar nada. —Dijo Sean.

Todo lo que dañe el turismo va a ser controlado de la manera más feroz posible, con la excepción de la mierda de perro en las calles y las otras anormalidades como los banqueros y políticos corruptos.

—A menos que haya un montón de refugiados trabajando ahí, te puedes olvidar de salirte con la tuya. —Le decía Sean.

---

13 Long Kesh fue una cárcel de Irlanda del Norte donde se recluían terroristas y paramilitares y republicanos durante el conflicto de Irlanda del Norte desde 1971 a 2000. (Nota del Traductor)

Pig sacudió la mesa. Cinco de las pistolas y cinco vasos llenos de agua (estábamos a mediados del verano) se agitaron. Tres de los vasos se derramaron. Todos agarraron sus armas para evitar que se mojaran.

—Sean tiene razón. — Dije después de una breve calma.

Pig me miró.

—Sean tiene razón. Nadie puede ver a través de las máscaras.

—¿Quién coño eres tú para decirme lo que tengo que hacer. Podrías ser un cerdo, por lo que me atañe.

—¿Tienes una obsesión con los cerdos, no? — Le dije.

Sean soltó una carcajada.

Pig me miró con rabia. Su guardaespaldas alzó los ojos para verme. Paul y Kevin se sonrieron.

—La única razón por la cual estás aquí es por Sean, universitario de mierda. — Exclamó Pig.

—Bueno, para aclararlo sería: Universitario de mierda, Bachiller de Ciencias, primero en la Clase, Primero en Honores en Química, digo, si no te molesta. Y tampoco estoy muy feliz contigo. — Continué, con el asombro no sólo mío sino de todos.

Todos me miraban.

Pig me echó un vistazo detallado por un buen tiempo, luego miró a Sean y se río.

—El universitario de mierda por lo menos tiene bolas.

La tensión se había dispersado, pero de todos modos le había quitado el seguro a la pistola, por si acaso.

—Me importa un coño cuantos testigos haya, mientras que no quede ninguno cuando salgan. Nos habremos ido antes de que se den cuenta.

—Está bien, está bien. — Dijo Sean, pero no creo que lo dijera en serio.

—¿Alguna otra pregunta? — Pig nos dijo a los demás.

Se fijó en mí un rato, pero después miró a los otros. Nadie dijo nada. Llevé el vaso de agua a mis labios y casi me ahogo cuando bebí. No muy sofisticado en verdad. Todos se rieron. Era una risa nerviosa. Pero todo estaba bien.

—Vamos a ver lo que ocurre, entonces. —Dijo Pig, —nos vemos en hotel del Aeropuerto de Dublín; ya saben el cuarto. En cuatro semanas para repartir el dinero, y no se olviden...

—Nada de testigos. —Le respondí.

—¨Maith an fear[14], —dijo (buen hombre), —Sé el primero en la clase.

—Ya estuve allí.

Todos se rieron.

Nos levantamos y pusimos las armas en las pistoleras.

Le di la mano a Kevin y a Paul. Fue como si se fueran de viaje aunque sabía que los iba a ver a la mañana siguiente, pero en este negocio uno nunca sabe. Vivo hoy, muerto mañana. Sean y Pig, ambos de Belfast, eran confiables, buenos con las armas y las multitudes, los secuestros, la piratería, manejando, en los escapes y con las mujeres. Yo era el único del sur y a veces era difícil entender sus conversaciones cuando hablaban rápidamente.

Ellos estaban en un hotel diferente al de Sean y mío. Entregaron el cuarto primero y nosotros esperamos diez minutos.

Sean, Pig, su guardaespaldas y yo nos fuimos juntos. Afuera, el chófer se acercó y esperó a una distancia discreta, a medida que nos separábamos. Pig vigilaba la calle y su reflejo en las ventanas de los carros. Un poco presumido, pensé, pero no era yo quien pudiera juzgarlo mucho. Uso una pulsera en el tobillo.

Pig se metió en el automóvil. Sean se me acercó.

—Tiene problemas con los testigos. —Sean me dijo riéndose.

Admiraba su plan. Era un buen plan. Sería un plan brillante, si funcionaba.

Lugar: El hipódromo de Galway.
Cuándo: La tarde siguiente durante la Placa de Galway
Razón: 2'000.000 €
Quién: Pig (Planificador/financista/tras bastidores)

---

14 Expresión en gaélico: Buen hombre. (Nota del traductor)

Sean Rowley (líder/reclutador/granadas/explosivos)

Paul Lawless (segundo en comando/guardias/rifle Armalite)

Kevin Barry (alarmas/cámaras a circuito cerrado/ pistola Luger)

James McGowan (yo/puertas/sincronización/pistola Luger)

Personas adicionales en Galway: 50.000; una ciudad estrangulada por el tránsito, los turistas, los corredores de apuestas, rateros, mendigos, comerciantes, la basura de cajitas felices de McDonald's y todas los policías disponibles en todo el país.

Distribución: 2'000.000 de Euros en total. Menos 500.000 Euros para Pig = (1,500,000/4)= 375,000 Euros cada uno.

Seguros adicionales: un robo simultáneo en un juego de póker en el Hotel Bay de Galway en Salthill por la mafia Laffey, los cuales tenían tendencias llamativas. En otras palabras: rocío y oraciones. Les fascina presumir. Con suerte iban a atraer toda la policía del hipódromo.

Los apostadores verdaderos se quedan todo el tiempo evitando el hipódormo, jugando cartas todo el día y la noche durante la semana de carreras. Pero esta era una de las veces que debieron haber venido con el resto de la población de Ballybrit. Hasta en la Universidad dan medio día libre para las carreras. Eso es lo que llamo una educación de artes liberales.

✣

Sean y yo regresamos al Hotel Skeffington Arms. No sabía dónde se encontraban Paul ni Kevin, ni ellos sabían nuestro paradero. Todos habíamos llegado a Galway el fin de semana previo en diferentes trenes. El sol de julio había brillado durante todo el fin de semana. Un milagro para Galway. Pudimos usar nuestros lentes de sol sin ningún comentario de nadie, ellos también llevaban los suyos.

Fuimos a comer a Ninmo, luego paseamos por la ciudad. Fue imposible caminar por la calle Quay por todos los borrachos y turistas. Olía el aroma del dinero y la dulce piel bronceada de las mujeres. James Ellroy, muérete de la envidia.

Nos sentamos en las afueras del *Café del Periódico* tomando té y mirando el pasar de los espectadores de las carreras, extra mimados y gordos, caminando de un lado a otro de la calle Quay. Íbamos deambulando, repasando libremente el trabajo por hacer al día siguiente. Sabíamos todo sobre el hipódromo, las rutas de escape, las carreteras, los campos y las urbanizaciones vecinas.

Los helicópteros volaban por encima de la ciudad a intervalos, llevando a los nuevos ricos al hipódromo desde sus hoteles en distintas áreas de la ciudad. El ruido ahogando todo tipo de conversación. Me recordaba a las películas de Vietnam. El rotor evocando en mí una melancolía algo extraña. Definitivamente estaba emotivamente voluble. Los helicópteros en Vietnam llevando exceso de cargamentos, aquí al contrario, llevaban empresarios mañosos y pedantes.

Sabía cómo los helicópteros afectaban a Sean porque una vez fue lanzado en el Sur de Armagh desde un helicóptero de las fuerzas armadas Británicas con los ojos vendados. Estaba sólo a unos cuantos pies de distancia pero él no lo sabía. Si no le hubieran hecho eso, no habría terminado volándole los sesos a un camarada a mil yardas de distancia. Y los británicos siguen preguntándose por qué nadie los quiere.

Su conversación no era muy lineal que digamos, cada vez que alguno volaba por encima de la calle Quay. Nos tapábamos el sol con la mano y mirábamos hacia arriba rastreando con la mirada el pasar de cada vuelo, hasta que se perdían de nuestra vista. Luego de cada interrupción, cada vez era más difícil retomar nuestra conversación previa, aunque los temas cubiertos fueran sólo de alarmas y cómo deberíamos usar el dinero.

Regresamos al Skeff temprano para descansar todo lo posible y dormir un poco. Pero me daba lástima dejar atrás todas esas ardientes pieles femeninas.

Dormí toda la noche y me desperté a las 6:00. No desayunamos en el hotel sino que preferimos reunirnos en diferentes cafeterías; Lynch, el GBC, Lyndon House y Nimmo. Al llegar el mediodía nos montamos en el autobús desde Eyre Square a la pista de carreras Ballybrit; con todos los demás plebeyos que no iban en helicóptero.

Viajamos en diferentes rutas de autobús.

A las 2:45 de la tarde, carros de policía llenos de oficiales abandonarían la pista. Los Laffey estarían en plena acción.

Nosotros, entrando a la acción.

A las 3:00, comenzó la gran carrera, *La Placa de Galway*. Nos pusimos las máscaras, y entramos desde el área cercada hacia la parte posterior de la entrada, custodiada por tres guardias de seguridad y detectives en ropa de civil.

Sean con su máscara de Lord Lucan, le colocó la pistola en la oreja al detective obligándolo a que se acostara en el suelo. Los tres guardias de seguridad se acostaron en el piso voluntariamente, pero el detective titubeaba hasta que lo golpeamos tras la oreja con su propia pistola. Le atamos las manos a sus espaldas con esposas plásticas y les tapamos las bocas con cinta adhesiva.

Pasó un minuto.

Grité: — Pasó un minuto. Nos quedan seis.

Nos agachamos al suelo mientras Sean prendía una carga de C4 con un detonador de diez segundos (después de todo, el tiempo es oro), luego una explosión discreta que sacó la puerta reforzada de sus bisagras. Antes que los guardias del Tote pudieran reaccionar, Sean lanzó dos granadas de estruendo y arrancamos la puerta de las bisagras y nos apresuramos a entrar. Entramos dándoles un empujón a los vigilantes y los policías. Los empujamos contra el suelo justo adentro de la puerta con las caras contra el piso.

El caos total.

Todo el mundo estaba gritando, llorando o mirando atónito.

Disparamos al techo y a las pantallas que mostraban la carrera, haciéndolas trizas. Todos pararon de gritar. Les hice un gesto para que se tiraran al suelo y lo hicieron.

Kevin tenía diez segundos para inutilizar las cámaras y el sistema de alarmas, antes que la policía fuera alertada, pero, ni siquiera estaban activadas. ¡Jesús, no volverán hacer eso jamás! Brincó por encima del mostrador.

—Han pasado tres minutos— grité. —Nos quedan cuatro minutos.

Había dinero por todas partes

Conté ocho empleados con sus manos detrás de la cabeza. Dos eran mujeres, pero no tenían pieles ardientes, así que las ignoré.

No debí haberlo hecho.

Tiramos las bolsas de lona sobre el mostrador y Sean y los demás comenzaron a llenarlas con dinero. Yo estaba todavía viendo la puerta y cómo se amontonaba el dinero, y La Placa de Galway en el único monitor que quedaba. Me arrodillé al escuchar pasos corriendo desde la puerta que acabamos de destruir. Las pisadas no paraban. Apunté al centro de la puerta preparándome para no fallar. De repente Pig apareció en la puerta. ¡Coño de su madre, casi le disparo!

Lo debí haber hecho.

—¿Qué carajo estás haciendo aquí?— Le dije.

—Cálmate. Sólo quise ver lo que ocurría. Extraño la acción.

Cabrón voluble. Ni siquiera tenía máscara. Pero ninguna de las cámaras estaba grabando y todos tenían las caras contra el piso, así que las cosas no iban tan mal. Me pasó de largo.

—Soy yo— rugió. Todos voltearon pero sólo por un instante, siguieron llenando los bolsos nuevamente.

—Pasaron cinco minutos. — Les grité —Nos quedan dos minutos.

Pig caminó hacia los empleados echados en el piso, acurrucados juntos titiritando. Cargaba un Armalite en la mano. Pig vio a las dos mujeres; fue primero a la más cercana y le levantó la falda con el rifle.

—¡Pig, déjate de eso!— le dije.

Fui Boy Scout cuando era niño. Algunas cosas nunca se olvidan.

—Si sabes lo que te conviene, Universitario, lo mejor es que no me hables. —Me respondió sin ni siquiera darse la vuelta.

—Déjala quieta; no tenemos tiempo para esto. —Le dije, alzando la voz. —Seis minutos. Nos queda un minuto. Terminen ya.

Pig se volteó hacia mí sonriéndome.

—¿Eres marica o algo por el estilo? —Me dijo. —Me gustan estas dos.

Hizo un gesto hacia las dos mujeres acostadas en el piso. Con la cara viéndome.

De repente una de las mujeres brincó, tenía un cuchillo en el puño, y apuñalo a Pig en el hombro. Los reflejos le hicieron descargar una ráfaga de municiones y la sangre reborboteó por la herida que le había causado a la otra mujer aún echada en el piso. Sangre y pedazos de tejido rosa se desperdigaron por el piso hasta mis pies. Jalé a la mujer del puñal y se la quité de encima a Pig, arrojándola hacia un lado. Ella se tiró al piso para atender a la herida. ¿Qué carajo estaba haciendo esta mujer con un cuchillo? era lo único que me cruzaba por la mente. Pig se quitó el cuchillo del hombro. Se agachó y la apuñaló en la sien. ¿Por qué no me sorprendía eso?

Me provocaba dispararle a Pig pero no quería dejar evidencia. La mujer calló a su lado mientras la sangre le brotaba de la cabeza. Le disparé en el corazón para que le dejara de bombear sangre. La energía del lugar había cambiado completamente. Cualquier cosa podría pasar. Y por su puesto pasó.

¿Quién ha dicho que la caballerosidad ha muerto? Los tres guardias de seguridad y el policía decidieron atacarnos aún con las manos atadas. Un ataque al estilo kamikaze. Les disparé a los cuatro. Traté de dispararles en las piernas pero les di en el estómago, así que estarían pronto en agonía. Estaba un poco tenso por lo cual no podía apuntar bien.

Mientras tanto, Pig estaba disparándole todo un cargador a la mujer que lo atacó, pero ya había pasado el punto que le afectara. Me di cuenta de los rasgos familiares de ambas mujeres a medida que morían juntas, su sangre mezclándose en el piso de linóleo. Las reconocí; eran primas de los Laffey. Estaríamos huyendo de ellos para siempre.

—¡Mierda, son de Los Laffey. Estamos jodidos!— Le dije chequeando el reloj. —Cero minutos— les grité. —Vámonos.

—¿Qué coño hacen trabajando aquí?— Dijo Pig.

—¿Quién sabe?— Le contesté —Quizás habían hecho una vida honrada.

—¿Cargando un cuchillo? Lo dudo — dijo Pig.

—Ya sabes, los hábitos viejos son difíciles dejar.

—Todos mueren de forma mala— me dijo.

No seguí con la conversación.

Pig estaba enloquecido. Le metió otro cargador a la pistola, y se encaminó hacia los guardias. Les disparó hasta que el arma se vació.

Sean estaba enfurecido. Lo podía notar por la manera en que caminaba. Comenzó a gritarle a Pig, que simplemente se encogía de hombros. No podía oír lo que decía Sean. Mis oídos reverberaban con el sonido de los gritos y el tiroteo.

Pig debe haber estado satisfecho con su programa de eliminación de testigos, porque le pasó de lado al grupo acurrucado de empleados aterrorizados, ignorándolos. El grupo tratando de evitar el charco de sangre que se acercaba hacia ellos. Sean tiró una de las bolsas a mis pies. Salpicó en el charco de sangre. Guardé la pistola y levanté el bolso.

¡Jesús, casi no lo pude levantar! Estamos llenos de dinero, pensé. Y obviamente pura mierda.

Fui a la puerta y chequeé la salida. No había nadie. Pude oír las sirenas a lo lejos, pero eran acalladas por los gritos de la muchedumbre, *La Placa Galway* tenía un ganador. Pero nosotros éramos los verdaderos ganadores. El saco estaba tan pesado que comencé a sudar. Tratábamos de mantenernos agachados, pero Pig caminaba ostentosamente detrás de nosotros con su rifle apuntando al aire, la culata de la pistola recostada en la cadera. Hablando de fanfarronería. Algunos se dieron cuenta y se agachaban, algunos atónitos, y uno que otro levantaba los celulares.

Pig disparó en su dirección y todos cayeron al piso. Pasamos el estacionamiento de los dignatarios y entramos en la zona del helipuerto.

¿Te lo imaginabas?

Caminamos hasta el transporte *Bell People,* que habíamos reservado con con una tarjeta de crédito que habíamos robado. El piloto estaba sentado adentro, leyendo *"Los Guardianes"* de Ken Bruen. Sean lo sacó del asiento y metimos los bolsos y nos montamos. Kevin prendió los rotores. Había sido un piloto de las fuerzas armadas americanas por cinco años. Pig le disparó al piloto que se había quedado mirándonos. La bala atravesó *"Los Guardianes".*

¡Qué día! El libro era de tapa dura, así que quizás sobreviviría. El helicóptero se cayó un poco al despegar, pero Kevin lo enderezó. A medida que nos elevábamos, Pig apuntó a la multitud de gente abajo imitando un rifle, como si les estuviese disparando. Todo un comediante.

Era tan sólo un cerdo con un pobre futuro. Yo todavía estaba sudando después de toda la adrenalina y la carrera hacia el helicóptero. De verdad, que tenía que regresar al gimnasio. Volamos alto rumbo hacia el oeste. Podíamos ver los carros de la policía atascados en el tráfico. El tráfico se extendía en ambas direcciones por millas, apenas moviéndose.

Volamos más allá de Maam Cross. No había cobertura de radares por allí, sólo arbustos de tojo y arbolitos escuálidos protegiéndose de los vientos del Atlántico. Volamos por encima del único fiordo en Irlanda (La Reina del Connemara; cuatro travesías diarias durante el verano, alrededor de 15 euros por adulto que incluye té café, pasteles, y una merienda ligera y aparentemente los mejores baños de todo el océano).

Seguimos nuestro vuelo pasando Clifden. Luego de seis millas en el medio del Atlántico, seguimos hacia el sur hacia Burren donde nos esperaban los carros. Nos mantuvimos fuera del alcance del radar todo el camino. Volábamos rozando el mar. Cada uno botó sus guantes, ropa y máscaras que habíamos metido en bolsas con pesas. Pig se paró en la portezuela, lanzando cada una lo más lejos posible.

—Trata de sacarle las huellas a eso— repetía. Debe haber estado recordando cuando tiraba piedras en la Carretera Falls o lanzando los fragmentos crujientes de sus atormentadores hacia los cerdos. Tenía una cara de serenidad que nunca le había visto.

Al pasarle mi saco, lo agarré por un minuto y nos cruzamos la mirada. Su apariencia de serenidad comenzó a disiparse. Él estaba a punto de... Saqué mi pistola luger y le disparé en el pecho. Todos se sobresaltaron.

Excepto Pig. Se mantuvo agarrando el marco de la puerta, pero se veía sorprendido. Su Armalite estaba cerca pero si trataba de tomarla la gravedad lo haría con él.

—Nada de testigos— le dije. —Eres el único que puede ser identificado.

Miré hacia Sean, quien asintió con la cabeza. Kevin me echó un vistazo desde el asiento del piloto, le hice un gesto de vaivén con la mano. Asintió e inclinó el helicóptero para que Pig perdiera el balance. Su rifle se deslizó por el piso del helicóptero golpeándolo en la cabeza mientras caía en el Atlántico. ¡Jesús pero cómo se aferraba! Ahora estaba más afuera que adentro del helicóptero, agarrándose con sus brazos monstruosos. Nunca los había notado. Le disparé en el tope de la cabeza en un ángulo algo extraño. Se le partió. Jamás lo vi moverse tan elegantemente mientras caía en cámara lenta.

Los cerdos vuelan después de todo.

Me senté en el piso del helicóptero con las piernas colgando por la portezuela; el brillo solar de julio resplandeciendo sobre el azul intenso del mar Atlántico, la piedra caliza de Burren limpia, blanca y pura, los rotores sobre mí, calmándome mientras veía a Pig bajando hacia la bahía de Galway.

Traducido por Maylin Castro

El hijo perfecto

—Hola, Ma.

Me dio un abrazo fuerte y comenzó a llorar.

—Está bien, Ma, está bien.

Se desprendió de mí, me tomó de la mano y me llevó adentro.

—Déjame mirarte. —Algo que toda madre Irlandesa aprende a decir por instinto. Me hizo sentir incomodo.

—¿Dónde está?

—Arriba. Está durmiendo, déjalo descansar.

—No te preocupes. No tengo prisa en verlo.

—Ah… no seas así.

—Okay, Ma. Tomemos un té, ¿no? —La solución irlandesa a cualquier silencio incómodo e inoportuno.

Dejé mi bolsa en el vestíbulo, y la seguí hasta la cocina. Me fijé en su cuerpo, en los estragos que la preocupación y el cansancio causaron en su figura. Todavía tenía una cabellera sana. Áspera, abundante y lisa. Aunque muy corta y negra. Quise estirar el brazo y tocarla.

Al igual que sus hermanas era atractiva, pero no tenía la suficiente elegancia como para haber encontrado un buen partido como ellas lo habían hecho. Tenía pómulos altos y unos ojos azul-verdosos que todavía me hacían recordar el vacío de las profundidades del océano como la última vez que los miré hace veinte años.

El tapiz de las paredes aún era el mismo, manchado y gastado. Aquello me llenó de melancolía e irrealidad. Al pensar en la vida que mi madre había llevado desde que me fui, un viso de dolor penetró dentro de mí.

—¿Cuándo regresaste?

—Hace un par de semanas, pero tenía cosas que hacer primero. Perdón por no haber llamado ni nada.

—Está bien. Siempre y cuando te llegara el mensaje.

—Tardó en llegarme. ¿Cómo sigue?

—Está bastante mal. La mayor parte del tiempo no me reconoce. Es difícil.

—¿Alguna vez habla de mí?

Ella titubeó por un momento, pero yo sabía que él no lo había hecho, así que cambié el tema.

—¿Y tu cómo estás, Ma? Te ves cansada.

—Estoy bien la verdad, pero me alegra que estés aquí. Te ves fuerte. Me gusta la cabeza afeitada, pero asusta un poco.

—Tiene que ver con un sacrificio. Es difícil de explicar.

—Está bien. Tiene un poco de sentido. Tienes la forma de cabeza indicada.

—Gracias, creo. Es gracioso. Nunca te molesta nada, mientras que el Viejo no me soporta.

—Eso no es cierto. Él no podía entender, eso es todo.

—Ma, yo sé que él me detesta, pero está bien. Hace tiempo que no me importa.

Por eso es que he tenido tanto éxito en mi profesion, bendencido con una gran tolerancia a las alturas, al sufrimiento y a los cortes de pelo con la número uno. Ni la solicitud del CAO o Leaving Cert me sacan de carrera.

—Él tuvo una vida dificil, tú sabes, y si lo vieras cómo está ahora se te quitaría todo el rencor que sientes.

—Ya veremos. De todos modos, estoy aquí. Eso es lo importante.

—Sí lo es. Gracias por venir. Sé que te pido mucho.

—No es problema, Ma. El agua está hirviendo. Siéntate, yo hago el té. ¡Por Dios Ma, te ves destruida!

—Okay, sí. Estoy muy cansada. Mi espalda me mata todo el tiempo. Me voy a sentar por un ratito. También quiero hablar contigo. Hasta el año pasado no sabía si seguias vivo o no. Todos los días pensaba en ti.

—Okay, Ma. Pronto hablaremos. Primero voy a hacer el té.

Me tomó un rato encontrar las bolsas de té. Telarañas decoraban las tazas. Serví el agua y la dejé reposar, encontré unas galletas Mikado y cuando regresé, ella se había quedado dormida en la silla. Me sorprendió. Parecía muerta. Me arrodillé a su lado y pude ver su respiración superficial. Ella todavía tenía una la piel de oliva y la aparciencia majestuosa de su madre. Suspiraba a intervalos. Le tomé el pulso. Era débil pero constante.

Me serví una taza de té y salí al jardín trasero a fumar. El cielo estaba claro. Era una noche fría de invierno con luna llena. Muchas veces me castigaron aquí afuera, por las más mínimas razones: por no ser más estudioso, o no ser el hijo perfecto, lo que sea que eso signifique. En esas noches, escuchaba a mi madre llorar en la cocina mientras discutía con mi padre y supe que yo no lloraría. Y nunca lo hice.

Desarollé estrategias para ignorar a mi padre y esto lo enfurecia aún más. Él me golpeaba, me daba puños, se burlaba de mí, me gritaba, me amenazaba, me ignoraba, me sacaba de la casa, me dejaba inconsciente y eso me hizo más fuerte. Cada vez absorbía su odio y lo transmutaba en coraje y en un cuerpo y una mente carentes de emociones. En mi corazón lo mataba cada día, hasta que él lo sintió.

Terminé el cigarillo y lo lancé al jardín, me quedé mirando cómo la roja brasa fugaz giraba por el aire como un encendido artefacto incendiario. Me recordó las noches acampando improvisadamente en Algeria, el Valle Dacca y el Delta del Mekong. Nombres exóticos que mucho antes habia leído en los cómics. Cuentos de aventuras hechos manifiesto. Una inocencia asesinada. Fantasías infantiles convertidas en degradación.

Esos putos del Viet Cong nunca fueron tan buenos como los hacen ver. Los emboscábamos en los arrozales, en los templos y túneles, y nos poníamos sus orejas cortadas como collares.

Entré a la casa y cerré la puerta trasera. Mi madre aún dormía. No había tocado su té y lo tiré al fregadero. Salí de la cocina, caminé por el pasillo y me detuve un momento a escuchar desde la parte inferior de la escalera.

¿Qué es lo que esperaba oír? Sé que a menudo me detuve aquí para escuchar si él estaba esperándome en el rellano oscuro de la escalera o en alguna de las habitaciones listo para atacarme. Me recordadaba la escena en *Psycho* cuando el detective es atacado en el descansillo por la Sra. Bates. Me hace saltar cada vez que la veo. Es la única escena de terror que me logra molestar.

—Okay— Me dije a mí mismo. —Sube ya.

Subí (con todo y los riesgos), y me dirigí a la habitacion de mis padres. Vi el contorno de su cuerpo y me acerqué. Abrí la ventana para dejar entrar el aire fresco, pero no fue gran cosa. Olía mal. Podía escuchar el resoplido de su respiración.

—Bueno, papito. Todavía no estás muerto, ya veo. Como de costumbre haciendo las cosas a tu manera.

Lo miré por un rato y traté de perdonarlo pero era imposible. El impulso era pasajero, duró algunos nanosegundos. Y yo no era del tipo que perdonara. No era posible, así que no tenía sentido perder más el tiempo. Traté de tomar en cuenta que él nunca terminó la escuela primaria, trabajó duro toda su vida, se emparentó con una familia de ricos intelectuales lo que le provocaba grandes sentimientos de inferioridad, y que él nunca bebía. Tampoco fumaba desde que yo nací.

Aunque en la columna de sus deficits, el peso de sus acciones era suficiente para hundir el *Graf Spee*[15]. Fin de la auditoría. Aún en términos de nicotina no merece ningún crédito porque era un fumador en el tiempo en que yo fui concebido —sólo imaginar cuán lejos yo hubiera llegado de no ser por el cohete acelerador manchado de nicotina desde el inicio.

También culpo al Dr. Benjamin Spock. No les advirtió a los padres que la nicotina no era ayuda saludable para producción de esperma. Anunque nunca recomendó el abuso físico o emocional como técnica para mejorar la paternidad, mi papito adoptó ese concepto con fervor. Me preguntaba si el hijo de

---

15 El *Admiral Graf Spee* fue un crucero pesado de la Alemania nazi durante la Segunda Guerra Mundial. (Nota del Traductor)

puta Spock seguía vivo y quién más lo estaba culpando. Quizá verifique si sigue vivo y ya después veré qué hago.

Recuerdo una vez que mi padre me esperaba en el rellano de la escalera para golpearme por detrás de la cabeza, y como yo pasé corriendo, la fuerza me lanzó por encima del pasamanos hasta que caí al final de la escalera, rompiéndome una pierna, un brazo y fracturándome el cráneo. Como resultado, más tarde desarollé un gusto perverso por la caída libre, lo que era perfecto para una carrera como paracaidista. Siempre fui el primero en ofrecerme como voluntario para lanzar a prisioneros con los ojos vendados desde helicópteros. Emocional y físicamente, yo estaba en caída libre mucho antes de esto. Me duelen las piernas durante los días lluviosos. Siempre me duele la cabeza, pero no es por la caída.

Él nunca se disculpó por nada que dijera o hiciera o dejara de hacer, así que ahí lo tienes.

Lo sacudí hasta que despertó. Sin delicadeza.

—Oye, despierta. ¿Advina quién es?

Él trató de enfocar la mirada. Yo sabía que sufría en un dolor severo porque Ma me lo dijo y lo vi acobardarse. Le era difícil enfocar debido a las medicinas y a una catarata. Noté las obstrucciones.

—¿Quién es?

—Bueno, no es un ángel, así que no te preocupes. Aún estás aquí.

—¿Es el doctor?

—No exactamente.

—¿Quién está ahí? No puedo ver. ¿La ventana está abierta? ¡Jesús, qué frío!

—Bueno, no es con él a donde vas a terminar.

—¿Quién es? ¿Dónde está Ma?"

—Es tu podrido hijo. Tú sabes, el aéreo.

Se saltó algunas respiraciones y me miró en la oscuridad.

—¿Alguna rajadura?— dije.

—¿Eres tú?

—En persona.

—Pensé que nunca te volveria a ver.

—Igualmente, pero no se puede tener todo a tu gusto todo el tiempo.

—¿Por qué estás aquí?

—¿Esa es la manera de saludarme? Nunca cambias. ¿Cómo es que un hijo de puta como tú sigue respirando?

Sus ojos cerrados.

—¡Despierta! Te estoy hablando.

Saqué la Luger y le golpeé los dientes para que me prestara atención.

Funcionó.

—¿Ves esto? Debería volarte en pedazos el corazón si es que tienes uno.

Él estaba sudando y me miraba, los ojos totalmente dilatados con o sin cataratas. El espíritu sobre la materia, obviamente.

—Para esto es que estoy aquí— le dije, señalando el arma con mi mirada.

Él trato de llamar a mi madre como siempre, pero le metí el arma en la boca.

—Está cansada, déjala tranquila. Es la última vez que la llamas.

Llené el proveedor de la Luger.

Él cerró los ojos y comenzó a llorar.

—De todos modos, ella fue la que me pidió que viniera.

Ella lo hizo, pero sólo para aliviar el sufrimiento de mi padre y darle una muerte serena, pero no era necesario decirle todos los detalles. Estoy seguro de que su ser sabía de este momento desde hace mucho, cuando ocupó su cuerpo antes de nacer, así que no era mi problema si se le había olvidado.

Él se veía pasmado. Ahora tenía su atención, completamente.

—Ella se quiere desacer de ti. ¿Estas conciente de todo lo que nos hiciste?

Pude sentir la ira reprimida por años en silos cuidadosamente diseñados moviéndose a la posición de lanzamiento. Me tuve que calmar. No me quería sobreactuar. Eso no resolvería nada. Respiré profundamente. No era fácil. Sudaba y temblaba. "Jesús" dije un par de veces. Pude sentir el aire frío de la noche entrando por la ventana, evocando muchas noches en las que temblé de frío afuera en el jardín trasero. Me di cuenta que el arma se movia al azar dentro de su boca.

Él estaba completamente despierto ahora.

—¿Algo que decir? No grites.

Saqué la pistola. Tendría que limpiarla luego. Su boca era una asquerosidad.

—Tú no eres mi hijo.

—¿Eso es todo? ¡Jesús!, pero qué original. ¿Para eso te molestas en decir algo?

Le metí el arma dentro de su boca nuevamente antes de que me matara el aburrimiento.

Saqué un estuche de plata de mi chaqueta y lo abrí. El miró la caja y me miró a mí.

El resplandor de la luna refulgió en la jeringa. Un momento verdaderamente cinematográfico. Con suerte algún director lea esto.

Él trató de forcejear, pero su fuerza menguaba. No merecía un asesinato por compasión, pero era el pedido de mi madre. Ella nunca pidió nada. Escuché para determinar si ella se estaba moviendo abajo.

Cuando estuve seguro de que seguía dormida, inyecté la dosis en su brazo. Él incrementó su resistencia, pero fue en vano. Estaba descargando todo el peso de mi cuerpo sobre él mientras empujaba el arma aún más dentro de su boca.

Esperé. Esperé a que pasara.

Él salto de la cama. Su cara y boca se contorsionaban por los iones de cianuro que perseguían cada molécula de oxígeno en su cuerpo. La fuerza de esas contorsiones siempre es impresionante aun cuando provengan de cuerpos demacrados como el suyo. Tuve que taparle la boca porque algunos ruidos se filtraban por el cañón de la Luger. Sus piernas rebotaban contra la cama así que tuve que acostarme encima de él. ¡Qué pataleta! Después de cinco minutos (buen promedio) su cuerpo estaba tieso.

La verdad no fue una muerte por compasión.

Fue un asesinato sin compasión.

Fue asesinato, verdaderamente.

Fue bueno, verdaderamente.

Me senté allí y fumé un cigarrillo y le eché el humo en su rostro. Esto lo hubiera enfurecido. No hay nada que un exfumador odie más. Debería haberlo incluido en preámbulo antes del acto principal. Me senté ahí un rato más y pensé que me tranquilizaría, pero no sentí nada.

Bajé las escaleras y me senté en la cocina en frente de mi madre. Al poco rato ella despertó y me miró. Yo asentí. Ella lloró y yo la tomé de la mano.

—¿Fue sin dolor?

—Sí, Ma. No te precoupes. Estuvo bien.

—¿Se despertó?

—No.

—Gracias. Yo sé que fue difícil para ti.

La verdad no fue tan difícil.

Traducido por Lara Rodríguez

Todo está en tu mente

Cuando vimos el movimiento a través de la mirilla, Jacko pateó la puerta para entrar. Era roja, endeble. Era el maldito número cincuenta. Cinco pisos hacia arriba. Un basurero en la calle 189 West Washington Heights. Tuvimos que subir cinco pisos del puto edificio sin ascensor.

Jacko llevaba unas botas Doc Marten con puntas de acero que se robó en Grafton Arcade cuando los "*Boot Boys*" gobernaban a Dublín ¿Ok? Era la época en la que llevábamos machetes y navajas, cuando pastores alemanes demacrados corrían junto a nosotros como guardianes salvajes atados con cadenas de plata y cuero. Usábamos pantalones de tela negra y las cabezas rapadas, usábamos chaquetas nuevas de piel. Era la misma época en la que salíamos con las chicas Comanche, las rebeldes y caóticas de Fátima Mansions que causaban gresca y que además nos cargaban las navajas y aterrorizaban a las riquitas de Dublín Four. Las que corrían con nosotros por las calles lluviosas de Dublín.

La corporación de viviendas estatales de Dublín nos engendró. Sheriff Street nos destetó. Nuestro linaje se ha enriquecido por generaciones de sajones, normandos, Negro y Caquis[16], los fusileros de Dublín y por la topografía de la masacre que fue

---

16 Black and Tans: "Negro y Caqui" se refiere a la Fuerza de Reserva de la Real Policía irlandesa, que era una de dos fuerzas paramilitares empleadas por la Real Policía Irlandesa (RIC) en 1920 y 1921 para suprimir la revolución en Irlanda. (Nota del Traductor)

el Frente Occidental en la Primera Guerra Mundial, la guerra de Crimea, Kyber Pass, el Congo y el Líbano.

Nuestros antepasados fueron piratas; francotiradores alguna vez fuimos; verdaderos soldados una vez fuimos. También fuimos héroes del rey y la reina de Inglaterra para el castillo de Dublín. Hasta que la heroína nos encontró, nos amarró, nos amordazó, nos tendió en el duro concreto de Dublín. Nos derrotó para exprimirnos.

Sólo Jacko y yo sobrevivimos. Llegamos a Woodlawn en Nueva York, en el norte del Bronx. Nadie usaba Doc Martens en Nueva York, excepto algunos universitarios de vanguardia de NYU. En el verano la mayoría de la gente usaba chancletas, incluyendo los pandilleros dominicanos del otro lado del río Harlem en el Alto Manhattan. Aquí estábamos ahora en territorio dominicano en busca de claves, dinero y problemas.

La puerta se abrió de golpe. La cerradura y la pequeña cadena salieron catapultadas por el aire hasta caer sobre el piso de madera. Igual pasó con el hombre en el interior quien perdió el equilibrio, con los brazos como molinos de viento, tratando de mantenerse de pie. Cuando el hombre levanto la cabeza, Jacko le dio una patada en la sien.

Entramos y cerramos la puerta. El marco estaba torcido como nosotros. Todo el sitio era un basurero. El hombre se sentó en el suelo sobándose la cabeza. Jacko lo levantó por el pelo, mientras el tipo protestaba tratando de soltarse y ponerse de pie. Jacko lo empujó hacia el sofá que estaba cubierto de cojines y mantas. Nubes de polvo flotaban hasta el techo.

Corrí a abrir la ventana.

—Jacko, cógelo suave con esta puta nube de polvo. Mi asma ya está bastante mal.

—Asma mi culo. Todo está en tu mente, —dijo.

—Supongo que el shock anafiláctico está en mi mente también.

—¿Qué?

—Tú sabes. Una reacción alérgica mortal a los mariscos, los cacahuates o a los nacos. Como cuando una víctima se pone azul e hinchada muriendo de agonía frente a ti.

—Cacahuetes mi culo[17] —dijo Jacko.

Miré a nuestra víctima.

—Pedro, ¿cómo se dice *arse* en español?

Estaba curioso, sabes.

En este barrio son todos dominicanos (territorio dominicano). Todos escupen en la calle, en el metro, en las plataformas y en las escaleras eléctricas al igual que los irlandeses de hace cien años.

Yo era alérgico a todos los gérmenes de origen étnico y ni se diga a las motas de polvo. Yo debería de trabajar en Salud Pública donde me pagarían por reforzar mi cero tolerancia a la mala preparación y contaminación de alimentos, al moho, a los bichos, a los estornudos y a la saliva.

—¿A quién putas le importa? , —dijo Jacko, volviendo su atención al dominicano en el sofá. —¿Dónde está el puto dinero de Croke Park?— preguntó Jacko, dándole un puñetazo en la cara.

Cada irlandés en Woodlawn iba al bar de Croke Park para recordar su tierra, el humo de la turba, el oleaje del Atlántico, los gritos melancólicos de las gaviotas, las finales de *All-Ireland*[18], Italia 90, la peregrinación a la montaña Croagh Patrick, escalar en el Reek y las lloviznas de aguanieve resoplando desde el Atlántico. Se miraban en el gran espejo detrás de la barra, agachados como jockeys desesperados, tristes, destrozados, amargados, listos para beber hasta quedar paralizados. Listos para la pelea, para sentir dolor y caer de un solo gancho o puñetazo, para aliviar la miseria que no pueden articular o comprender. Yace tu miseria en el fondo, señor irlandés.

Estos dominicanos habían robado Croke Park, en plena oscuridad, cuando la mitad de Woodlawn seguía despierto.

Los irlandeses no siguen el lema americano de acostarse y levantarse temprano. Ellos se van a la cama a las cinco de la

---

17 *Arse* en el original. Palabra utilizada en el Reino Unido e Irlanda para referirse al trasero. (Nota del traductor)

18 *All-Ireland Finals*: Se refiere a las finales de Campeonato de Fútbol Gaélico; un deporte nacional en Irlanda. (Nota del traductor)

mañana y se paran a las siete para irse a trabajar en las obras de construcción. Se disparan clavos los unos a los otros para mentenerse alerta y no caminar en el vacío y estrellarse contra el concreto sólido treinta pisos abajo.

Tres horas después de la hora de cierre, los dominicanos asaltaron la barra Croke Park llena de fanáticos del equipo Dublín que acababa de perder nuevamente el partido contra Meath en el verdadero Croke Park. Los irlandeses se lanzaron hacia los asaltantes, quienes lograron mantener la calma mientras disparaban contra la multitud. Como no había fanáticos Meath alrededor, los fanáticos de Dublín caían sobre sí mismos tratando de llegar a los cuatro dominicanos armados aunque apenas podían sostenerse de la borrachera. Si sólo hubieran tenido sus pistolas de clavos con ellos, hubiera sido un partido parejo.

Los dominicanos se mantuvieron lo suficientemente tranquilos para llevarse los recibos de la caja, pero aun así se veían asustados y dejaron caer la mitad del dinero al salir. Utilizaron tanta munición que tuvieron que volver a cargar. Ningún irlandés murió. Fue la suerte y la agilidad física que se adquiere después de beber todo el día. Se lleva en la sangre.

—Jacko, — dije. —¿Sabes qué? Jacko podría ser un nombre dominicano. Pedro, Ricardo, Rodrigo, Salivo, Esputo, Jacko, etcétera.

—Muy chistoso.

Tenía buen vocabulario para ser un ex–Boot, al igual que yo. Ninguno de los otros en nuestro grupo sobrevivió. Todos graduados de la cárcel Mountjoy, summa cum láudano. Inyectándose en las venas, en los pies y en la ingle. Todos aquellos largos veranos han sido absorbidos en el olvido al igual que la sangre extraída de las venas consumidas por la jeringa hipodérmica.

—¿Tú qué crees, Pedro? ¿Jacko es tu primo irlandés?, — le pregunté.

El dominicano estaba aturdido. No dejaba de mirarnos del uno al otro tratando de entender lo que estaba sucediendo.

—¿Qué? — dijo.

—No empieces con esa mierda "qué",— dijo Jacko, golpeándolo de nuevo y haciéndolo que cayera de nuevo en el sofá. —Esto no es el show de Fawlty Towers.

Más polvo. Me alejé. Me fui para la ventana donde podía respirar mejor. Miré hacia la avenida San Nicholas. Un maldito infierno. Era como los guetos irlandeses del bajo este de Manhattan hace cien años. Por lo menos todos éramos católicos, supuse, pero como no era practicante no me sirvió de nada.

No era practicante desde que puse al Padre O'Shea dentro del Royal Canal con un cilindro de gas atado a los tobillos. Podía verlo bajo el agua calmada de color gris con su sotana flotando sobre la cabeza como una mantaraya negra que se suspendía por encima de él. Una vez vi una en el acuario de Galway. El Padre O'Shea estuvo flotando allí, en posición vertical por un mes, hasta que sus tobillos se soltaron y sus pies cayeron al fondo del canal atado al ancla del cilindro de gas. No subió a la superficie, pero llegó a mitad de camino donde se tendió horizontalmente por, más o menos, una semana hasta que un policía se dio cuenta. Los periódicos se volvieron locos. Pero él se lo buscó. Él era un informante, un Garda lambe culo, un pendejo, un falso religioso, un espectáculo, un hijo de puta pedófilo, un creído inútil, un maricón. Ah, sí... ¿por dónde iba?

Jacko fue a la cocina a registrar el lugar y a su paso lo destruyó todo. Arrojó todo de la nevera al suelo. Tiraba pizzas congeladas como *Frisbees* por el aire hasta la sala. Pisó los aguacates hasta aplastarlos. Desprendió la puerta de la nevera y la arrojó al otro lado de la cocina. También desprendió la puerta del congelador. Sacó todas las gavetas, las partió y las arrojó en una pila. Él estaba feliz.

De la cocina fue al dormitorio y lo volvió añicos; luego al baño y lo destruyó todo. Volvió a entrar a la sala y enloqueció. Agarró a Pedro y le dio un cabezazo en la cara. La sangre estalló como una granada lanzada contra el piso de concreto.

—Jacko, cálmate,— le dije.

—Cálmate, mi culo. Este hijo de puta sabe algo.

Todo lo que él sabía, pensé en ese momento, era que él deseaba saber algo. Estaba balbuceando, sangrando y llorando como un bebé.

—Pedro, cariño, deja de llorar o tendré que ponerme áspero,— dijo Jacko.

Alguien tocó la puerta.

—¿Pedro? ¿Pedro?

Silencio.

Sacamos nuestros revólveres. Yo los prefiero a las pistolas automáticas a pesar de que son más lentos, pero como nunca fallábamos, no había problema. Lástima que no estábamos en Croke Park cuando llegaron los dominicanos.

—Su puto nombre es Pedro — le susurré a Jacko. —¿Puedes creerlo?— Le toque la cabeza a Pedro con el cañón de mi pistola. No le gustó.

Pedro parecía que iba a gritar y por eso Jacko le dio una patada.

Su cabeza voló hacia atrás y se golpeó contra el piso de madera.

Perdió el conocimiento. Estaba fuera.

Las armas estaban fuera.

Afuera, la mujer dejó de tocar y comenzó a hablar. Escuchábamos su respiración jadeante entre sus frases. Después de un corto tiempo, ella pasó una nota por debajo de la puerta.

Jacko fue a buscarla escuchando en la puerta antes de recogerla.

—¡Mierda! Está en dominicano. — Me la pasó. —Está bien — le dije. —Tiene una dirección. Tal vez el dinero está ahí.

Escuchamos un ruido detrás de nosotros. Pedro se estaba poniendo de pie. Había sacado una escopeta de debajo del sofá. Estaba sudando, sangrando y a tientas trataba de apuntar. La sangre goteaba sobre el cañón. Antes de que pudiera nivelarla, apuntarla, sobarla, y dispararla, ya Jacko estaba allí. Saltó sobre el sofá y me tiró su revólver. Lo agarre por la culata. Jacko agarró los dos cañones de la escopeta tratando de girarla para lograr quitársela, pero Pedro no se dejaba. Jacko se mantuvo dando vueltas al igual que Pedro quien trataba de poner su dedo en el gatillo.

Jacko debió de haber participado en los Juegos Olímpicos. La fuerza centrífuga hizo que Pedro perdiera su agarre. Se tropezó por la sala hasta que sus piernas chocaron contra el marco de la ventana cayéndose de espaldas por ésta. Él trató de agarrarse del marco, pero todo paso demasiado rápido. Podíamos oír su cuerpo golpeando el metal de la escalera de incendios y luego un silencio agudo mientras caía. Escuchamos su cuerpo golpear el patio cinco pisos más abajo.

—¡Por Dios! ¿Viste eso? Tu puta asma sirvió de algo,— dijo Jacko.

Jacko tenía un retorcido sentido del humor.

—Bueno, vamos a limpiar los cañones y lanzarla por la ventana,—dije. —Pueden suponer que tropezó y se cayó.

La idea no era muy realista ya que el lugar estaba destruido, pero quién sabe. Jacko limpió los cañones con un paño de cocina y arrojó el arma por la ventana sin mirar hacia abajo. Le tenía miedo a las alturas.

Sentí ganas de decirle: 'Todo está en tu mente'.

Cuando cerramos la puerta, el grito de una mujer se escuchó por el aire cálido y húmedo.

Traducido por Tefany Santana

Matando a los Laffeys

Salimos del Banshee al atardecer. La policía iba en sus carros encubiertos al frente, fumando, usando los celulares, trabajando duro como siempre, los banderines negros clavados en la puerta de entrada, el olor a pólvora de la noche anterior persistente.

Tres tipos entraron casualmente hacia la medianoche, disparando sus revólveres, dos en cada mano, un poco exagerado, seis armas de seis disparos, caras anodinas y enjutas, nervudos, en jeans, en posición de disparo. El sitio estaba repleto. Sábado en la noche. Irlandeses, estadounidenses de origen irlandés. Muchachos. Muchachas. Familias. Y de pronto los tres cabrones disparando. Los cuerpos y la sangre volando. Gritos. Dos meseros que mueren. Heridas en la cabeza. Maté a los atacantes. Sus armas se vaciaron al unísono, la hora de los novatos. Me levanté desde atrás de una mesa volteada y les di lo suyo. Se lo estaban buscando.

Pensaba que había dejado los asesinatos en Belfast. Los asesinatos en dulcerías, en taxis, en cafés, en hoteles, en reservados, en el Holy Land, en Divis, en Ballymurphy, en salas de espera de hospitales, en cobertizos abandonados, en alcantarillas, en pastizales frondosos, en estrechos caminos rurales, en encrucijadas, en fábricas de productos lácteos, en autopistas, en laderas de colinas, en grutas, en iglesias, en cementerios, en torres de apartamentos, en la parte trasera de Saracens, sobre la grava mojada. En persona, en la oscuridad, por la espalda, por detrás de la cabeza –desalmado, calculador, sin piedad, sin cuartel, sin reglas, sin honor—.

Me siguió hasta Boston, donde lo irlandés corre profundamente; donde la sangre corre profundamente, donde viven mis primos, donde ellos operan el Banshee, donde operan los restos de una pandilla de los sesenta fundada por mi tío, Tom Rowley, el hermano de mi madre.

En casa, en Irlanda, lo veía durante los días de verano de hace mucho tiempo, cuidando el terreno, de pie ante la faena, desnudo hasta la cintura, las cicatrices de sus heridas de bala que habían sanado fruncidas en su espalda. El sol en lo alto, sus músculos tirantes y trabajando rítmicamente, gotas de sudor volando desde su torso a medida que cavaba en la húmeda y pesada turba y lanzaba los terrones hacia la ladera en lo alto. Veía sus heridas, me preguntaba cómo se sentirían, me sentía orgulloso de que fuera mi tío. Quería tocar esas heridas queratinizadas, gris pálido.

Cuando escuchaba aproximarse el sonido de un carro desconocido, se acuclillaba, relajado, a la espera, sin temor pero receloso, mirándome. Cuando pasaba, echaba un vistazo, guiñaba un ojo y se paraba de nuevo estirando sus extremidades. Era un caballero. Y un pistolero, por supuesto. Las mujeres lo amaban. Él no las veía. Cuando llamaban a casa le pasaba el teléfono a mi madre. "Ahora está ocupado", les decía, exhalando humo azul-gris hacia el aire.

Ahora mi tío estaba desparramado en un hospital. Vivo. Todavía dando la pelea. Las resbalosas esquirlas brillantes de fragmentos de bala estaban clavadas en su cerebro, plegadas en un capullo de tejidos y vasos sanguíneos. Las suturas negras en su cráneo afeitado, moretones azul púrpura del color de una fruta podrida en la parte alta de su frente, los líquidos fluyendo a cuentagotas a lo largo de los tubos opacos y a través de la tosca apertura que los paramédicos habían cortado en su garganta la noche anterior. La policía de Boston cuidaba la habitación. Policías estadounidenses de origen irlandés de segunda o tercera generación. Irlandeses a cada lado de la puerta. Irlandeses a cada lado de la ley. Una tradición irlandesa.

Los belicosos irlandeses, los asesinos irlandeses, los malditos irlandeses. Ellos lo hicieron.

Aer Lingus[19] evió a los meseros muertos de regreso a casa en Foxford. Los iban a enterrar en el cementerio que mira a la ciudad donde mi primo Sean está enterrado. La aerolínea nacional transporta gratis a casa a los irlandeses muertos, una costumbre que uno nota. Nos gustan los muertos allá en casa. Los preferimos. Trajimos de vuelta a Terence McSweeney y a Sean Gaughan –huelguistas de hambre del IRA separados por generaciones que enfrentaron sus cuerpos contra el imperio. Trajimos de vuelta a Galway al fascista de alto impacto, y estrella de Radio Berlín, William Joyce. Trajimos de vuelta a los soldados muertos del Paso Khyber, de Siria, de Bizancio, del Frente Occidental, del Congo, del Líbano.

"Chopper" O'Brian venía conmigo. Él conducía. Recibió ese nombre después de que derribó un helicóptero de la Armada Británica; un tiro de suerte, pero aún así impresionante. La bala le entró al piloto bajo el ojo derecho, y le desgarró un conducto en el cerebro, justo cuando descendía a un patrón de vuelo bajo y apacible para lanzar suministros a una torre de observación de la Armada Británica colgada en lo alto de una grúa de acero reforzado que se hallaba a horcajadas en la frontera con la República de Irlanda.

El helicóptero se sacudió en el aire, se fue de lado bruscamente y chocó con la torre, raspando y haciendo pedazos sus aspas mientras caía lentamente, las aspas chirriando, trozos volando por todas partes a medida que golpeaban los soportes metálicos de la torre. Metal arrancando metal. El copiloto cayó por una portezuela abierta. Se desplomó sobre la ladera de una colina irlandesa. El helicóptero le cayó encima. Ambos pilotos muertos. Pronto se esparcieron avisos por Belfast con la calcomanía de un helicóptero contra fondo negro mate y una amplia línea horizontal que lo atravesaba.

---

19 Aer Lingus es una compañía aérea privada irlandesa. (Nota de traductor)

Chopper y yo llevábamos zapatos tenis, chaquetas negras de aviador, jeans negros y las Armalite. Vestíamos nuestro oficio. Íbamos vestidos para matar. Y eso es lo que íbamos a hacer.

Condujimos desde el Banshee a través de las calles de South Boston, pasando depósitos y edificios quemados, pasando bares y gente que corría bajo la lluvia para llegar a casa. Me recordó a Belfast. Traté de acallarla, esa conga negra de extrema tristeza danzando a mi alrededor. El ritmo de los neumáticos contra el piso mojado era relajante, y veía a través de la ventana mientras la lluvia se deslizaba por el vidrio, tratando de evitar que esa negra capucha me cayera encima.

Condujimos por la parte trasera del restaurante Pearl Harbor. Me gustaba el nombre. Se les escapó la ironía a los estadounidenses. Con ellos nunca se sabe. Bajé el volumen de la radio. El motor estaba encendido, los limpiaparabrisas barrían la lluvia hacia fuera. No hablamos. Sabíamos qué hacer. Levantamos nuestros rifles del suelo. Salimos hacia la oscuridad. Presionamos las puertas para cerrarlas. Un clic sonó tranquilizadoramente. La fuerte lluvia tamborileaba sobre el capó.

Levantamos las armas mientras entrábamos. Los chefs, los meseros y las ratas en la cocina levantaron la mirada pero no se movieron ni hicieron ningún sonido. Nos llevamos los dedos a la boca pero no hacía falta. Chopper abrió las puertas de la despensa, empujándolas. Sabíamos cuál era la mesa que buscábamos. No nos apresuramos. La mayoría de los clientes ni nos notó. La gente estaba tan absorta conversando o comiendo o tratando de recordar sus modales de mesa que no notó lo que estaba ocurriendo a su alrededor. Chopper se quedó cerca de la barra de ensaladas. Yo caminé hacia el nicho donde los Laffeys estaban sentados. No iban a reírse por mucho tiempo.

Algunos de sus guardaespaldas nos vieron. Intentaron levantarse, pero se detuvieron a medio camino y volvieron a sentarse. Excepto por uno de los tipos. Llevó su mano a la sobaquera y le disparé sobre la muñeca. Una lluvia corta y afilada de balas le atravesó limpiamente el hueso. La mano le cayó sobre el mantel blanco de lino con un golpe seco y parecía una especie de cangrejo extraterrestre; los dedos enroscados, crispándose, con un hilo delgado de sangre y material de los tendones manchando el blanco mantel almidonado. La velocidad de las balas había cauterizado la arteria y las venas. Fueron unos buenos disparos. Precisión. Acrobacia de balas.

Para ese momento todos los Laffeys y su gente nos miraban fijamente. Algunos que nos daban la espalda tuvieron que girarse para ver. Yo sólo me quedé ahí, mirándolos de vuelta.

—Las mujeres pueden irse —dije. Siempre misericordioso. Tenía una debilidad por las mujeres. Acerca de no matarlas. En Belfast me había apegado a eso. Significaba que las oficiales de la RCU y algunas informantes se habían escapado.[20] Pero todos tenemos un punto débil.

Las mujeres dudaron. Lo repetí.

—Las mujeres se pueden ir para allá —dije, señalando con un gesto la barra de ensaladas. Recogieron sus carteras y se retiraron como reses sorprendidas, sus caras cenizas. Miraron de vuelta hacia sus hombres. Miraron de vuelta hacia mí.

—Las manos sobre la mesa, —dije.

¿Qué coño es esto?— Preguntó Laffey.

Me estaba mirando fijo. Su color era de un intenso rojo irlandés que se iba poniendo más rojo. Un párpado le temblaba.

Los dos hermanos de Laffey me observaban, tratando de calcular sus probabilidades. Los tres guardaespaldas no iban a causar problema.

—Estoy aquí por lo del Banshee.

Me volteé hacia el hombre lesionado.

—¿Cómo va esa mano?

—Está bien.

—¡Santo Cielo! ¿Cómo va a estar bien? Está sobre el mantel.

Se encogió de hombros.

—Está bien, me arde un poco.

—Ponla en hielo —le dije apuntando a la cubeta de cervezas que flotaban en el agua con hielo medio derretido. Recogió su

---

20 RCU: "Royal Ulster Constabulary", antiguo nombre de la "Policía (Real) en Irlanda del Norte". (Nota del traductor)

mano amputada y la puso en el cubo, con los dedos apuntando hacia el techo.

—Bien. Apenas nos vayamos, vete a un hospital.

—Okey.

—Puede que te la puedan pegar de nuevo.

—Okey.

—Si fuera en Belfast podrían, en todo caso.

—Okey.

Laffey ya se encontraba bastante inquieto.

—¿Qué coño es lo que quieren?

Lo miré. Estaba tratando de prender un cigarrillo y dejó caer el fósforo, lo arrugó y lo arrojó al otro lado del salón.

—¿Por qué atacaron el Banshee? —Le pregunté.

—Nosotros no lo hicimos.

—Esos imbéciles que enviaste llevaban tu número de teléfono.

—¿Y qué? Yo conozco a todo el mundo.

—No me conoces a mí.

—Sí, te conozco. Eres un maldito muerto.

Lo miré. Pensé en Belfast. Pensé en la gente a la que le había disparado. En la que me había disparado. Protestantes, policías del RUC, escuadrones. Pensé en mi tío cuando lo veía en Irlanda, pensé en él ahora en la cama del hospital. La capucha negra cayó sobre mí.

Saqué el cuchillo de la funda sobre mi pecho y con un rápido y fluido arco le atravesé los ojos a Laffey, rasgándole los dos globos oculares. El líquido y la sangre se amontonaban sobre el delgado filo de la cuchilla. Sus manos subieron para disminuir el dolor. Rajé sus manos. Tomé sus muñecas y le corté sus manos. Acero de Sheffield. No hay nada mejor. Una lástima que fueran hechos en Inglaterra, pero nada es perfecto.

Le disparé en la frente.

Cayó lentamente. Se reclinó hacia atrás en la silla como si estuviera recostándose para descansar. Le volé las orejas de dos disparos. No es tan difícil como suena. Se las podría haber cortado con el cuchillo, pero no tiene sentido exagerar.

Sus dos hermanos fueron por sus armas. Los guardaespaldas decidieron esperar y ver.

Lo que vieron fue una Armalite disparando en automático mientras hundía a tiros a los hermanos Laffey en lo profundo del tapizado. Otro viaje de Aer Lingus en camino.

—Mantengan sus manos sobre la mesa, les dije a los guardaespaldas.

Lo hicieron. Eran unos buenos muchachos.

Les quité sus armas, los celulares y arranqué el teléfono de la pared. Arreé a los guardaespaldas a la oficina de atrás y los até con esposas de nailon. Halé los cuerpos de los sofás de cuero a través del piso hacia la oficina de atrás. Cuando terminé, saqué la mano amputada del cubo de hielo y la tiré adentro y cerré la puerta.

Caminé de regreso al salón principal. Me gusta caminar.

Pateé tan fuerte como pude un pollo cocinado que se había caído de la mesa. Voló hacia Chopper que trató de darle un cabezazo. Siempre quiso jugar fútbol para Irlanda.

El sonido de la sirena que se aproximaba se iba volviendo más fuerte.

—Vámonos —le dije.

Hice un saludo con la cabeza en dirección de las mujeres y ahora ex-novias cuando pasamos por la barra de ensaladas. Soy vegetariano, pero nunca le he encontrado el atractivo a las ensaladas. Puede que después de esto ellas permanezcan por un tiempo alejadas de las barras de ensalada.

Salimos a través de la cocina hacia la intensa y fría noche de Boston.

❧

Al día siguiente me senté al lado de mi tío en su cama de hospital. Las venas de un azul pálido en sus sienes pulsaban débilmente. Fluidos salinos moteados de rojo se filtraban de su cuerpo a través de las mangueras de drenaje. Su piel estaba pálida y cubierta con una pátina de sudor. Lo observé mientras se fue poniendo más y más débil, lo vi todo el día mientras el sol se desangraba. En la oscuridad, me incliné cerca para poder escuchar su respiración. Saqué un cartucho usado de mi bolsillo y lo envolví con su mano. Le dije lo que había hecho. Él sólo permaneció tendido ahí. Inmóvil.

No sé si me escuchó. Las enfermeras venían a intervalos, a chequear los monitores y los tubos. Me miraban de reojo. Yo les clavaba los ojos de vuelta.

Me adormecí por un rato. Algo me despertó. Era el cartucho suelto al golpear contra el suelo, rodando debajo de la cama de hospital. Su respiración se agitó, una, dos veces, y entonces se que quedó viéndome, silencioso y sin parpadear.

Cerré sus ojos y salí hacia la luz de las primeras horas del día.

Traducido por Álvaro de Prat

Recuerda

Solo lo ví cuando nos levantamos de la mesa, en el restaurante McDonogh's de pescado y papas fritas, parados cerca de la caja a punto de pagar. Jimmy estaba interesado en una de las mujeres detrás de la caja con el objetivo de tener una cita. Yo estaba levemente interesado también, pero él la vio primero sobre la platija y las papas fritas. Podía ver que ella no estaba muy impresionada con Jimmy así que tenía buen gusto, pero pensé que lo dejaría hundirse o nadar por sí mismo. Le di la espalda a la caja, de cara hacia la puerta y encendí un cigarrillo. A través del humo lo vi.

Lo recordé siendo guapo, pero ahora él era un tipo insignificante de mediana edad en traje de negocios. Tenía una sombrilla de golf en el asiento de al lado y leía de una revista lujosa de golf o de sombrillas del mundo. Odio a los tipos que andan con sombrillas con el mejor de los climas. También, tenía puesta una camiseta que se le veía debajo de una camisa blanca. *Strike* número dos. ¿Qué clase de mujeres dejan que sus hombres salgan de esa manera? Tal vez quieran que sus hombres sean ridiculizados fuera de casa porque ya han renunciado hacerlo en casa. O aun más, las mujeres ya ni lo notan.

Yo lo conocí décadas atrás, aunque pensé que nunca iba a verlo otra vez. No pude respirar por unos segundos y me sentí débil. Un temblor pasó por mi cuerpo. Aspiré y empecé a toser. Los clientes me miraron y él también, pero no vio nada fuera de lo ordinario. Jimmy me preguntó si estaba bien y la zorra detrás del mostrador decidió que yo era más interesante que la mierda de pescado de Jimmy. La propina del él era como su IQ, un poco bajo promedio y la mesera odiaba las dos cosas.

—Vamos, por el amor del culo —dije. —Flipper tiene más chance con ella que tú.

—Ok, Ok ¡Jesús! Nos vemos pronto —Jimmy le dijo a la mesera, pero ella estaba ocupada cortándole la cabeza a una anguila que alguien había pedido. La gente come cualquier cosa si se la sirves con papas fritas.

Caminamos por el pasillo, Jimmy iba en frente de mí, y al pasar por su mesa saqué una navaja de afeitar de mi bolsillo y lo rebané rápidamente. No tenía idea de lo que hacía hasta que ocurrió. Era como escritura automática, pero más letal —sucede tan rápido, estás en estado de fuga, y operas en cámara lenta con movimientos fluidos y el resultado es generalmente correcto. Lo cogí cerca del ojo (el más cercano al pasillo) y sentí como se reventaba, y después la resistencia granulosa cuando la hoja pasó su trayectoria hacia la oreja, cortando a través del cartílago. Cuando llegamos a la puerta, la navaja ya estaba en mi bolsillo trasero. Jimmy ni siquiera lo vio porque el nivel de sus hormonas se estaba reajustando y sólo era capaz de enfocarse en elusivas glándulas mamarias por un rato.

Naturalmente, la víctima lo notó, dejando caer la revista y tratando de detener el líquido ocular para que no se escurriera. Ni quisiera gritaba. Debe haber entrado en shock. No miré para atrás a pesar de que podía ver la oreja sangrienta en mi visión periférica. Jimmy se dio vuelta y trató de llamarle la atención a la mesera pero la anguila y el cliente parado con algo en su ojo eran las únicas cosas en su menú.

Cruzamos la calle, nos subimos al coche y Jimmy se sentó esperando a que condujera yo. Me senté allí con el motor prendido, mirando delante de mí tratando de decidir qué hacer. El no dejaba de mirarme.

—¿Qué putas te pasa?— dijo.

Eché una vista hacia la ventana de McDonogh's. Había un aire de caos general. Podía ver como a seis clientes con sus teléfonos móviles llamando a los servicios de emergencia, supongo.

Pero es difícil estar seguro. Tal vez llamaban a otros restaurantes para ver si tenían mesa, porque cuando las cosas se ponen difíciles, las barrigas van en primer lugar. Abrí la ventana del coche, boté el cigarrillo y escuché una sirena de los servicios de emergencia. Eso fue rápido. En caso de que la policía se pusiera curiosa con nosotros, decidí que nos fuéramos. Jimmy estaba en media frase liando un cigarrillo cuando aceleré, alejándonos del sendero, apenas esquivando a un ciclista, hice una vuelta de tres puntos y me dirigí hacia Salthill. Jimmy regó el tabaco por todo su cuerpo y el tablero. Suspiró y volvió a empezar de nuevo. A veces él está bien, de veras.

Teníamos un apartamento en Ocean Towers. Océano, sí. Torres, no. Típica hipérbole de Galway. Lo usábamos para descansar después de robos de oficinas de correo, supermercados y camionetas blindadas. Haciamos esto en Inglaterra, donde hay menos seguridad y la policía es densa. La Gardaí nos conocía en Irlanda, pero no sabían de este lugar o que habíamos regresado a Galway, mi ciudad natal. Era el hogar de Lord Haw Haw, quien se burló de los británicos desde Berlín en la Segunda Guerra Mundial. Algún chico en el Jez le quebró la nariz en el patio de la escuela y le dio su característico acento nasal. El hogar de Nora Barnacle, cuya luz extasiaba James Joyce y lo hizo picar el lenguaje inglés en su homenaje. Hogar del teatro druida, el Taibhear, Nimmo's, Charlie Byrne's, el River God Café, Apostasy, Le Graal, y el Poor Clare Convent donde la bendición ocurría domingos por la noche a las cinco y media. Cuando yo entré allí, una fuerza corrió por mi cuerpo—hiriendo los músculos de mis piernas, ya que sufrieron un espasmo por alguna energía desconocida que las monjas parecían bajar del cielo, dejándome débil y mareado por horas. Además, muchas de las monjas Poor Clare eran lindas.

—¿Repasaremos el plan para Dunnes otra vez? —preguntó Jimmy.

Almacenes Dunne: El buen precio que desangra a todos.

—No, Jimmy. Esta noche no, ¿de acuerdo?

—Sí, claro.

—¿Tenemos algunas batas blancas de médico en Mervue? —pregunté.

—Sí, creo que estamos bien —dijo. —¿Quieres que vaya a comprobar?

—Sí. Seguro.

En Mervue teníamos otra casa con uniformes, pistolas, identificaciones, Semtex, etcétera.

Llamé al Hospital Regional, fingiendo ser periodista, y pregunté sobre la víctima de McDonogh's. Usé un teléfono móvil no rastreable para que nadie pudiera encontrarlo por si acaso a alguien se le ocurría. Me dijeron que él estaba cirugía y que iba perder el ojo. Buenas noticias. Pregunté si tenían algunas pistas y dijeron que no sabían pero se ofrecieron a llamar la policía para hablar conmigo. Colgué.

Hice trecientas lagartijas. No había señales de Jimmy todavía. Escuché que volvió a casa en la madrugada cuando escuchaba a *BBC World Service*. Finalmente me dormí y soñé con los ojos muertos de la anguila en McDonogh's.

A la mañana siguiente revisé la sala, vi la bata de médico, y fui a correr en el Prom, un instituto de Galway decorado con mierda de perro. ¡Irlanda la de las Bienvenidas! Cuando regresé, me puse la bata y me fui hacia el Regional.

Odio el olor de los hospitales, así que esto era gran sacrificio para mí. Pregunté por la sala de recuperación postoperatoria. El lugar estaba lleno de cabrones y sólo era el personal. Fui, entonces al tercer piso, encontré la sala de cuidado intensivo y entré. Sin policía. ¿Qué puedo decir? Una enfermera pálida mirando el monitor IC, me asintió con la cabeza. Casi le guiño el ojo, pero en lugar de eso logré asentir con la cabeza. Tanta reverencia en un lugar como este. Sin hablar, como si los pacientes que nos rodeaban les importaran.

Bajé la vista hacia el golfista y él me miró. Sonrió, pero yo miré a través de él. Su sonrisa se deshizo. Vi las violaciones pasadas, pero él no las vio. Los vi con vista de 50/50, pero él no tenía vista y no era porque sólo tuviera un ojo. Su único ojo parpadeó hacia mí, titubeando un poco como tratando de hacer ajustes internos para adaptarse a la visión monocular en lugar de binocular. Pensé en cortar el nervio óptico del ojo bueno —acceso a la parte posterior de la orbita— se hace fácilmente. Me miró sin reconocerme.

Revisé su historia médica. Estaba estable. Iba a vivir. Tal vez.

—¿Me recuerdas, hijo de puta? —Le susurré cerca para que la enfermera no me oyera.

Me miro otra vez, pero nada. Amnesia selectiva, obviamente. Tal vez pueda intentar una lobotomía. Otra operación sencilla pero se necesita acceso a la sesera para hacer cualquier cosa útil. Metí la mano debajo de las sábanas, le agarré los huevos y se los retorcí hasta que el ojo bueno se brotó y lagrimeaba. Tenía mi mano sobre su boca para que no pudiera gritar y ni moverse.

Le susurré otra vez —¿Me recuerdas?

—¿Recuerdas ofreciéndome dulces? ¿Te gustan los dulces?

—¿Recuerdas cuando me engatusaste hacia tu cuarto? Vamos a buscar algún recuerdo.

—¿Recuerdas frotándote contra mí? "Eres tan agradable".

—¿Recuerdas mi sangre apozándose en la alfombra pálida del cuarto del Great Southern?

—¿Recuerdas dándome puños y noqueándome?

—¿Recuerdas algo de eso?

Saqué el bisturí del bolsillo de mi bata y le corté su saco escrotal. Lo separé de los últimos vestigios restantes de tejido y lo puse en una bolsa negra de basura. Ciudad a chorros. La sangre reborboteaba por todas partes. Logré esquivarla. La enfermera brincó. Le apunté con mi pistola y le indiqué que se sentara. Lo hizo. Las enfermeras están condicionadas a obedecer las órdenes directas de un doctor, pero una pistola ayuda también.

El bastardo estaba gritando ahora, pero la UCI tenía buena insonorización así que no estaba muy preocupado. Cuando él estaba a medio grito, le abrí su boca aún más y le metí una pelota de golf. Saqué un taco de billar de un bolsillo interior, atornillé las dos mitades, y se lo estrellé en la boca. Para golpear con más fuerza, salté sobre el piso para lograr la fuerza máxima.

—Fore,[21]— grité, pero ya era demasiado tarde. Él no se apartó. Escuché el crujido de los dientes. Partí sus labios. Astillas rojas y blancas. Un hoyo en uno.

Corté las dos orejas y las puse en la bolsa.

Corté sus dedos y los puse en la bolsa.

—Trata de jugar golf ahora.

Iba matarlo, pero pensé que así era mejor.

—¿Qué piensas?

Até a la enfermera y salí de la UCI. Boté la bolsa negra por el conducto del incinerador mientras caminaba hacia las escaleras. Llevaba la bata blanca puesta en el estacionamiento, me subí al coche, prendí cigarrillo y sonreí. Llamé al móvil de Jimmy. Por supuesto, no contestó la llamada.

—Este es Jimmy. Si eres atractiva, déjame el mensaje. Ma, si eres tú, todavía puedes dejar el mensaje.

Él amaba a su mamá.

Le dejé un mensaje.

—Jimmy, Dunne's definitivamente es el plan. Saqué algo de mi sistema. Llámame. Estaré en Poor Clare's hasta las seis.

Algunas de esas monjas estaban buenas.

Traducido por Edgar Doolan

---

21 Grito utilizado en el golf para prevenir a las personas que se encuentran en la trayectoria de una bola en movimiento. (Nota del traductor)

Recolecta

Estaba hablando con Billy Cameron. Billy el Orejón le decían a sus espaldas. Podía rastrear señales de radio desde Marte, pero no las amenazas subliminales o inminentes. Era Nochebuena en el Irish Rover en Woodlawn. Nada estaba calmado. Nada brillaba. A mi alrededor había irlandeses listos para pelear. Eran las once de la noche. Hacía frío afuera. Un abatido Santa Claus con un traje manchado empujó las puertas y entró a tropezones. Comenzó a cantar "Noche de paz".

—Noche de paz, noche de amor

Todo duerme en rededor.

La muchedumbre rugió "mierda" cuando él decía "en rededor". Todos reían. Era algo irlandés. Rimar. Y morir. Santa después caminó alrededor del pub con la mano extendida. Cuando llego a mí, le pedí que cantara "Teenage Kicks". Me miró con sus ojos enrojecidos que me recordaban a alguien. Lo aparté de un empujón. Trastabilló hacia atrás tratando de mantener equilibrio.

La fingida bondad navideña desapareció de repente. La multitud olía la sangre. Los clientes pedían a gritos "The Foggy Dew", "Galway Bay," "The Irish Rover" y "She Moved Through the Fair". Canciones complicadas de resacas líricas difíciles de dominar. El cantante supo que era la hora de irse. Mientras se iba, el viento amargo del río Harlem hizo que todos cerca de la puerta se agazaparan. Masculladas palabrotas salían de los irlandeses de caras rotas que vinieron a beber y ansiar el exterminio.

—Fuiste un poco fuerte con él —dijo Billy.

Me encogí de hombros. Le estaba cobrando a Billy el dinero que me debía de sus deudas de juego vencidas. Apuestas ridículas en futbol gaélico, hurling, balonmano, camogie— todas las apuestas en cosas irlandesas. Lo mantenían conectado con el hogar, supongo.

Jugó fútbol gaélico para Dbulin cuando era un joven, un chacal, un Jackeen, un guerrero alto y ágil de Coolock con el pelo rubio y los ojos azules de los invasores vikingos de Irlanda; con el potencial de ser grande, de saltar más, de correr más y superar con engaños a cada rival que anfrentaba en el campo. A diferencia del fútbol sosegado de los británicos que nos gobernaron por 800 años, el fuútbol gaélico es una mezcla potente de derribos quiebra huesos, codos en la cara, movimientos de ballet con los balones altos, carreras solitarias y tiros a la portería de velocidad feroz.

Billy comenzó a apostar en el Casino de Claude cuando era niño. Nada serio. Luego se puso serio. Empezó a perderse los entrenamientos de fútbol, primer pecado mortal. Empezó a fallar goles fáciles, lo que era más mortal. La gente lo abucheaba. Comenzó a beber. Fue sacado del equipo. Quemó el club del equipo y luego se dedicó por completo a Claude. Estaba allí en la mañana antes de que abrieran. El personal se aseguraba de abrir a tiempo o él les causaría problemas. A la hora de cerrar, él era el último en irse. Enviaba cartas a los periódicos locales solicitando que estuviera abierto las veinticuatro horas. Escapó de Irlanda debiendo miles de euros y siendo sospechoso de varios casos de ataques incedarios.

No me importaba nada de eso. Vive y deja vivir es mi lema, con excepción de Santa Clauses aficionados que me hagan recordar a alguien y que puedan tener tuberculosis, pulgas, piojos, etcétera, y con excepción, también, de alguien que me deba dinero. Billy llevaba varias semanas de atraso. Estaba casado con Lucinda Craven, la hija del entrenador del equipo de fútbol de Dublín. Billy pensó que su venganza era el robo de su hija, pero fue todo lo contrario. Lucinda podría ser llamada Lucifer. Su padre estaba feliz de haberse deshecho de ella. Billy no lo esperaba, como siempre. Ahora vivían, no felizmente, juntos en el enclave irlandés de Woodlawn en el norte del Bronx. Tenían cinco hijos. Me sentía mal por los niños. Todos tenían las orejas de Billy para empezar.

Recolectar este dinero era un asunto de honor. Yo nunca incumplí reuniones, citas o fechas de vencimiento. Era Navidad, pero no creía en el chanchullo de Jesús, Belén, el pesebre, los pastores, los reyes magos, resucitar de entre los muertos (yo sé que eso es Pascuas, ¿ya?) así que para mí no tenía resonancia.

Billy me engañó.

—Te pagaré en el año nuevo, seguro. Ya sabes bien que soy bueno para eso.

—Yo no estoy seguro de eso —le dije.

Me miró. No era la costumbre irlandesa de hacer negocios. Él esperaba que le dijera, bien, yo sé que eres bueno para eso. Es Navidad, no hay problema. Para año nuevo está bien, corre a casa y reza por todos nosotros.

—Pues, ni mierda —dije.

—¿Dónde esta tu lado amable?

No le contesté. Miré mi reflejo en el espejo alto detrás del bar, vi la silueta de Billy.

Bajó su vaso de whiskey.

—Ah, vete a la mierda —dijo en el modo ambiguo irlandés que se puede tomar de cualquier manera. Yo lo tomé mal.

—Lo quiero ahora, esta noche.

—Te veo para año nuevo.

—Chinga el año nuevo.

—¿Qué?

—Chinga el año nuevo. ¿Eres sordo?

—Tómalo con calma.

Los clientes nos miraban.

—No me digas que lo tome con calma.

—¿Qué vas hacer, matarme?

No le dije nada.

—No es tanto.

—Eso es verdad —le dije. —Pero ese no es el punto.

—¿Cuál es el punto?

—Son los principios.

—¿Cuáles principios?

—El principio de pagar la mierda que debes. El principio de pagar el capital. El principio de pagar los intereses. ¿Has oído de eso?

—No te debo tanto.

—Ya sé. Ya hablamos de eso.

—Te juro que lo tendré para el año nuevo. No lo tengo ahora. Ya sabes, los regalos y todo para los niños.

—¿Vas a desplumar pavos o algo para conseguir el dinero?

—Pavos, mi culo. Tengo dinero que viene de casa.

Difícil de creer.

Puso su mano en mi hombro.

—Todos somos irlandeses, ¿no? Tenemos que mantenernos juntos.

Les estreché la mano libre.

—Consigue ese dinero para el primero de enero.

Se rió.

—Eres sombrío,— dijo. Guiñó un ojo y se bebió el whiskey caliente, dejó el vaso y salió hacia la noche. Vi la piel cetrina de Billy arrugarse alrededor de sus ojos cansados mientras se iba, dándome un saludo amigable y una sonrisa forzada.

Retomé mi trago.

Me molestaba. Fui muy suave con él. Había debilidad en mi propia vacilación. Escuché "Jump Around" de House of Pain a todo volumen en la rocola, me calmó un poco.

A medianoche, salí de Irish Rover. Estaba borracho pero todavía podía conducir sin problema, una habilidad irlandesa. Bueno, eso es lo que pensamos, hasta que nos enfilamos contra las culumnas o sobre las barandillas de protección dentro de canales y ríos y lagos o nos quemamos entre los árboles depredadores al lado de las carreteras solitarias del campo. La escarcha se estaba apelmazado en el capó y en el parabrisas.

Me metí al carro, saqué la pistola de mi pretina y la dejé en el suelo. Prendí la calefacción para deshacer el hielo.

Puse "Dirty Old Town" de Los Pogues y traté de recordar cómo era antes de que viniera a esta ciudad vieja y sucia, antes de que viniera al Bronx, antes de que me dedicara a recolectar deudas y a ayudar a mantener la paz en Woodlawn.

Nunca hubiera dejado Irlanda. No lo hubiera hecho de no ser por un robo que se jodió. Nos topamos con el AIB[22] en Tuam y John Dolan se topezó con el adoquinado piso disparejo del siglo XVI. Le voló la cabeza a tres cajeros sin querer. La pistola estaba en automático. Fue un disparo de suerte, de veras. Los adoquines eran una atracción turística, pero ahora, el banco tenía una macabra atracción extra que el West of Ireland Tourist Board no quería promocionar. Le disparé a Dolan allí mismo por descuidado y no tener buen equilibrio, lo hice. Agarré su Armalite cuando se caía y me lo colgué en el hombro. Tomamos el dinero y después el barco desde Irlanda hacia Francia, después España y después Canadá. Ahora estaba en el círculo polar de Woodlawn y el Bronx perdiendo el tiempo tratando de conseguir mi filo de nuevo, tratando de olvidar a esos tres civiles con sus cerebros despedazados y sus caras dentro de pozos de oscura sangre negra en el suelo del banco. No me importaba John Dolan. Él se lo buscó.

Billy Cameron se lo estaba buscando también si no pagaba. No sé por qué le di otra semana. Quería comprarles regalos a su esposa y sus hijos. Quería ir a casa y llevar a sus hijos a la cama. Quería adornar el árbol. Pero, tal vez, quería escaparse con el dinero, tenerlo otra semana, abusar de mi amabilidad. No podía deshacerme de la profunda irritación que era Billy Cameron. No me gustaba. Me recordaba a mi padre.

Un habla mierda, un hombre grande, un fanfarrón, un bravucón, un bastardo quebrado, un bebé grande que luchó vigorosamente mientras lo tenía agarrado, hundiendo su cabeza bajo la superficie, viendo distorsionados sus ojos brotarse bajo el agua, sanguinolentos, la sangre comenzando a salirle por la

---

22 Allied Irish Bank. Banco irlandés. (Nota del traductor)

nariz. Lo solté y toció, vomitó el agua de la bañera, aromático jabón de burbujas regado por el suelo cuando empezó a suspirar de nuevo y me miró; palabras desprendiéndose de sus labios arrugados y pálidos, "¿qué hice, qué hice?"

Él lo sabía.

—Ya lo sabes.

—¿Qué?

—Tú. Ya. Pu. Tas. Sa. Bes. Bien.

Le golpeé la cabeza contra la bañera de cerámica con cada sílaba. La sangre le corría de su cuero cabelludo mezclándose con el agua.

—Tú. Sabes. Bien. Pa. Pa. Ci. To— (siete golpes) —¿Tienes agua en los oídos o qué?

Él me veía a los ojos. Esa mirada larga que nunca miente. Empujé su cabeza debajo del agua otra vez. Trato de luchar. Se retorció, se despellejó, lo maté. Yo, el rey recién nacido.

"Fairy Tales of New York" sonaba cuando el hielo empezó a deshacerse lo suficiente para que yo viera a través de una franja estrecha. Encendí el limpiaparabrisas y comenzó a comerse los bordes de hielo. Puse el carro en marcha y salí despacio del estacionamiento. Las calles estaban secas. No había nieve apelamazada. Fue fácil. Manejé a casa en McLean Avenue, los bares irlandeses y el tricolor irlandés colgando de pulcras casas donde los irlandeses exiliados tratan de hacer su vida de clase media. Yo tenía un sótano de apartamento en una casa de familia. Algunas veces podía oír a los niños jugando arriba y eso me calmaba. Otras, me invitaban a la cena dominical pero les daba excusas y con el tiempo dejaron de invitarme. Nunca causaba problemas. Nunca me relacionaba. Nunca hablaba. Siempre pagaba la renta a tiempo. (Toma nota, Billy Cameron.) Yo rondaba en la periferia de la melancolía y la austeridad. Hacía abdominales hasta que mis músculos me dolían. Hacía lagartijas hasta que mi sudor se regaba por el suelo, sin aviso, como las gotas de lluvia en medio del verano por las tardes en el campo irlandés.

Me senté en el sillón a leer a Flanner O'Connor. Su nombre parecía irlandés. Su actitud gótica sureña era similar a la mía.

Billy Cameron me seguía molestando. Yo quería estar seguro que ese hijo de puta sabía que yo era serio. Iba a hacerle un resumen de la situación. Mire el reloj. Las tres de la mañana. Mierda.

Tire el libro hacia el otro lado del cuarto. Agarré el revólver del suelo. Salí a través del viento congelante, dando un portazo tras de mí. Descongelé el carro de nuevo. ¡Dios mío! ¿Cuándo parará este clima? Me senté allí bajo la luz pálida de la luna, esperando a que se deshiciera el hielo; Black 47 sonando en el radio, mi mente descascarando la costra que era Billy Cameron. Manejé hacia un teléfono público. Unos esquimales irlandeses todavía afuera, prendiendo cigarrillos, tamabaleando a casa.

Llame a su casa. Lucifer contestó.

—¿Está Billy?

—¿Sabes qué putas horas son?

—3 y 31, si no estoy equivocado.

—¿Billy eres tú, puto *eejit*?[23] Si eres tú, estás muerto.

—No, no es Billy el Orejón. Búscalo.

—¿Quién putas es? — Tenía buen manejo del insulto, como todos los irlandeses.

—¿Él está allí? Sólo necesito hablar con él un minuto. Voy a estar allá en un minuto si no te callas. Estaré allí en un minuto si no respondes mi pregunta.

—Mierda. Espera un momento.

Pude escuchar el nombre de Billy ser gritado en la línea.

—No, él no está, ¿ves? jódete.

Colgó.

Manejé alrededor de su casa. El carro de Billy no estaba. Manejé por Woodlawn hasta que hallé su carro en el estacionamiento atrás del bar Keenan. Revisé el carro primero por

---

23 Vocablo peyorativo irlandés que quiere decir imbecil, idiota. (Nota del traductor)

si acaso estaba muerto de frío en el asiento del conductor sin suerte. Caminé a través de la entrada de la cocina y lo vi en el mostrador con unos amigos de Dublín. Salí y me senté en mi carro con el motor prendido escuchando el lamento triste Sinead O'Connor. A las cinco, lo vi salir tambaleándose solo. Salí despacio de mi carro y me le acerqué rapidamente por su lado ciego. Él tambaleó al lado de su carro. Manoseó las llaves. Cuando se subió, me metí al lado del pasajero. No se dio cuenta de que estaba sentado allí hasta que cerró la puerta. Brincó en el asiento, lo que no es fácil.

—¡Dios, me pegaste un susto de mierda en las bolas!

—Tienes suerte que todavía las tienes.

—¿Qué?

—Tienes. Suer Te. Que. Toda. Vía. Tie. Nes. (Ocho golpes sobre el tablero)

La sangre chorreaba a cascadas por su nariz. Él la sostenía con sus manos. Gimió. Me miró de nuevo.

—¡Dios, estoy sangrando todo.

—No todo todavía. Billy, quiero mi puto dinero ahora.

—Pensé que teníamos un trato.

—Sí, eso fue antes de que te arrastraras a otro bar y tomaras por las últimas cuatro horas. ¿Qué pasó con lo de la esposa y los niños y el cuento de cuna?

—¿Qué?

—La esposa, los niños alrededor del arbol de Navidad, las lucecitas de colores. Ese cuento.

—Yo pensé que no creías en la Navidad.

—¿Quién dijo eso?

—No sé, lo oí en alguna parte. De todos modos, está bien tomarse un trago, de seguro, en Navidad, ¿no?

Estaba temblando y no era del frío.

Saqué el revólver y se lo puse en la sien. Disparé. Estaba en medio de otra perorata pero había alcanzado mi límite. Nada lo podría haber salvado, ni Jesús. El ruido fue enorme. La sangre se esparció sobre el parabrisas; el techo estaba salpicado de sangre y de tejido cerebral, la bala al salir cercenó una arteria porque la sangre salía bombeada por todo el carro como un irrigador de agua defectuoso mientras él caía hacia delante contra el tablero.

Estaba empapado. Estaba sordo. Estaba furioso. Pero me desvanecía. La sensación de tener una navaja de afeitar raspándome la cuenca del ojo que se había acumulado toda la noche desde que lo dejé marcharse se disipaba. Sabría que en el futuro no extendería el crédito.

Revisé su cartera. Mil ochocientos dólares. El puto *eejit* me debía sólo mil doscientos. Tiré seiscientos sobre su cuerpo. Tengo principios. La policía se los llevaría para comprar bebida. No quería aruinarles la Navidad a todos. Rompí la luz de cortesía con la cacha del revólver y abrí la puerta; mire a mi alrededor, todo en paz, todo duerme en derredor. Me recordaba algo pero no podía pensar qué.

Me mantuve agachado hasta que llegué a mi carro. Lo prendí y salí despacio del estacionamiento, sin drama. Ya tuve suficiente por una noche. Me miré por el espejo, estaba cubierto en cuágulos y sangre. Esperaba que Billy estuviera feliz ahora.

Porque yo sí lo estaba.

Traducido por Edgar Doolan

Seguro

Sexto día siguiendo la furgoneta.

Gastando combustible, tiempo, paciencia.

Fumando.

El auto lleno de cáustico humo azul.

Corrompiendo mis pulmones.

Tenía sitios a donde ir. Gente que ver. Primos que visitar. Bancos para vigilar. Tipos a los que arreglar. Muerte, por dinero, por insultos. Por amigos.

El tiempo es dinero. Esto es América.

¿Adónde diablos va ese camión blindado? ¿Alguien puede seguir un patrón? ¿Alguien sabe cuánto trabajo extra es esto? ¿Lo que le está haciendo a mi presión arterial, sin mencionar mis pulmones? Puedo sentir el humo del cigarrillo de Víctor impregnando los capilares, destruyendo mi piel lozana como la de un bebé. Y está impregnando la tela de los asientos del auto y se enrosca dentro de los cañones de las armas que se posan en los tapetes.

No es extraño que a menudo estemos exasperados al momento en que nos metemos en un trabajo. A veces tenemos que hacer algo aunque no sea lo ideal; inclusive si es estúpido y no tiene sentido o es suicida o imposible, o cercano a lo imposible. Sólo para liberar la adrenalina contenida y no explotar o empezar a destrozar el auto de alguien.

O un apartamento.

O un súper.

O a un borracho; o a los extraños al azar; o a la policía. A los agentes de tráfico. O estudiantes de la prepa. O algún tipo de Wall Street de cara petulante. O sólo empezar a disparar indiscriminadamente por la ventanilla.

Los ojos gris-negros de Víctor me miraban.

—¿Estás seguro? — Preguntó

—Sí, seguro.

Seguro. Estoy seguro.

Segurísimo. — Añadí.

Desvíe el auto de la línea de la furgoneta blindada y aceleré por el carril de adelantamiento. Lo intentaremos mañana de nuevo. La vi desaparecer por mi espejo retrovisor.

❧

El viernes pasado estaba conduciendo al norte del estado por la vía a Ossining para visitar a mi primo Lep Temple quien estaba cumpliendo entre quince años a cadena perpetua por estar en el lugar equivocado en el momento equivocado. Por ejemplo, el vestíbulo del banco Chase con un recibo de retiro no aprobado y una pistola. Probablemente perdió la paciencia y tuvo que actuar (ver más arriba). Yo puedo ser malo, pero él es terrible. No tiene auto control. Me sorprende que haya durado tanto sin ser atrapado. Había tenido mucha suerte hasta ese momento. Además, él es muy calmado una vez que empieza el trabajo. Se le tiene que dar crédito por eso. Ha estado robando desde que tenía catorce años. Bicicletas, potros, hierba, oficinas de correo, bares, carros, cafés, entregas, rifles, pinturas, joyas, pavos vivos, bloques de jamón y corderos muertos. Una mezcla muy ecléctica. De todas formas, me di cuenta de que había una camioneta blindada de azul con blanco GARDA, de chasis bajo por el carril lento. La velocidad cansina confirmaba la carga pesada.

Yo no iba sobrepasando el límite de velocidad o no la hubiera visto. Iba a velocidad constante, dejando que las largas millas me apaciguaran, permitiendo que la rítmica visión de las ruedas contra el asfalto me arrullara. En Irlanda, se puede ir a exceso de velocidad día y noche, en sentido contrario de la vía sin luces — sin pagar impuestos, sin seguro, con las llantas lisas, sin cinturón de seguridad, con cajas fuertes robadas en el asiento trasero, con cadáveres tibios, atados en el suelo del auto. La oportunidad de ver los Gardaí es mínima. Pero acá, yo estaba con la visa de turista vencida, así que no había caso de buscarme líos al bombardear de arriba abajo el hermoso y suave asfalto del estado de Nueva York.

Me fijé inmediatamente en el nombre de la furgoneta GARDA porque es muy parecida a la escritura de los Gardaí[24]. Pensé que era un buen presagio. También, estaba interesado en furgones blindados en general. Ya habíamos hecho unos trabajos en Irlanda. Sin protección policiaca. Las furgonetas de valores alegremente paseándose por el campo irlandés. Lo pedían.

En esos trabajos con furgonetas irlandesas, no heríamos a nadie, salvo la reputación de los directores de seguridad o de la policía, el Gobierno, la división especial, los Gardaí, los bancos y las compañías de furgonetas blindadas. Al final, las medidas de seguridad se fueron incrementando, al punto que tuvimos que dejarlo. Ya tenían escoltas de guardia irlandesa que costaban miles de euros a los contribuyentes. El gobierno no le pediría a los bancos que lo pagaran. Merecían ser robados, sólo por eso.

Entonces comenzamos con los cajeros automáticos empotrados en las débiles paredes de pequeños supermercados por todo el país, a los que arrancábamos con retroexcavadoras de las construcciones vecinas. €100.000 cada vez. Muy fácil, tanto que se volvió aburrido. Era divertido manejar por las carreteras del campo con los pesados dispensadores de dinero haciéndonos contrapeso. Luego, las retroexcavadoras también fueron prohibidas. Eso es reaccionar exageradamente. Traten de limpiar una construcción sin ellas. Se necesita un ejército de presos para hacerlo. Entonces usamos dinamita y Semtex. También estaban prohibidos, así que nos adelantamos en ésa. Entonces prohibieron a la mayoría de los pueblos de las afueras tener cajeros automáticos. Después redujeron la cantidad de dinero en los cajeros.

Entonces nos dedicamos a los centros de distribución de efectivo de los bancos. Una fachada enclencle de puertas, guardias, barreras y cerraduras temporizadas. Casi todos estaban

---

24 Garda Síochána: Guardianes de la Paz de Irlanda o Gardaí es la institución de policía nacional de la República de Irlanda. (Nota del traductor)

construidos en pantanos o matorrales. Los diseñadores debieron ver los terrenos llenos de barro y sentir confianza. Los Nazis se hundieron en el fango, la lluvia y la nieve yendo para Rusia; entonces estaremos bien, pensaron. Típico pensamiento mágico irlandés. Se tiene que pensar literalmente. Eso es lo que hicimos. Vigilabámos cuándo la policía y las escoltas armadas dejaban el dinero. Nos dimos cuenta que siempre se iban tan pronto como las puertas exteriores de los centros de dinero estaban cerradas, antes de que la plata llegara al área segura. La policía y los guardias se iban a tomar su descanso del té y las furgonetas blindadas gordas de dinero se quedaban en el campo por horas antes de que las llevaran dentro de las bóvedas de última tecnología.

En una fiesta bancaria de junio, condujimos dos Range Rovers, robados una semana antes de los frondosos suburbios de Dublín, a las traseras carreteras aisladas colindantes con la tierra pantanosa, que se estrechaban por cincuenta yardas atrás del complejo de dinero. Atamos unas balsas improvisadas a los bastidores para las partes inundadas. Vimos una furgoneta llevando unos 8'000.000 € entrando al depósito. Luego, la larga caravana de Gardaí y los vehículos del ejército yéndose velozmente a casa para la cena.

Condujimos directo a la reja de seguridad que bordea la tierra empapada, la que ya habíamos cortado pero dejado en su sitio, sostenida por cuerda para pescar y cinta adhesiva. Los dos Range Rovers atravesaron la reja, chapalearon por el piso enfangado hasta que llegamos a la parte inundada; botamos las balsas, condujimos a través del pontón y embestimos la siguiente cerca; ocho de nosotros amontonados con Armalites, máscaras y sobredosis de adrenalina; llenamos los Range Rovers con 10'000.000 €. ¡Dos millones más de lo esperado! (no podíamos cargar más, de todas maneras) Y nos dirigimos a las puertas principales y afuera. Los tipos de seguridad de la sección de la bóveda sólo nos podían ver por el circuito cerrado de TV. No podían contactar a la policía por las líneas terrestres que estaban usando. ¡Qué aficionados! Las habíamos desconectado tan pronto como saltamos de los Range Rovers.

Trabajo de relojería; poesía en movimiento. Lo previmos. Fue poca perspicacia de los Gardaí, de nuevo.

En cuanto empecé a seguir la furgoneta GARDA, me mantuve retrasado por si tuviera una mini-cámara incrustada en la superficie del metal ojeando el tráfico. No pude ver ninguna pero podría estar allí. Usé unos binoculares Zeiss que traje de Belfast para revisar el chasis, las ventanas, las ruedas. Revisé la pintura para determinar la calidad general. Se veía inmaculada. Sería una tarea difícil. No estaba interesado, solo era curiosidad profesional. Tenía montones de plata de los trabajos en Irlanda. Estaba a punto de acelerar y sobrepasarlos cuando me di cuenta de que la furgoneta desaceleró. Mantuve mi posición y observé.

Empezó a desviarse a un área de servicio. Tal vez a recoger algo, tal vez no. La seguí y los alcancé en la fila de la ventanilla de servicio al auto de McCollon. Estaba a dos autos de distancia. La furgoneta se detuvo en la zona de pedidos y luego pasó a la de entrega. Tiré mi hamburguesa por la ventana apenas la furgoneta se metió en el tráfico de nuevo. ¡Esa mierda era una bomba!

¡No podía creerlo! Cuando uno piensa que lo ha visto todo, algo como esto restaura tu fe en la estupidez humana. Seguí a la furgoneta por diez millas; no hubo recogidas. Revisé el chasis más de cerca. Sobrepasé la furgoneta y observé las ventanas. Sin vidrios ahumados, mezquina forma de ahorrar costos. Apenas se pueda ver hacia adentro ya hay medio camino recorrido. Se puede identificar a los ocupantes sin problema. Error básico. Podía ver al conductor y al copiloto comiendo hamburguesas y papas fritas. Dos payasos gordos. Clic. Clic. Clic.

Me estaba perdiendo la visita a Leo en Sing Sing ese día. Observé la furgoneta por la cuesta. Seis anchos carriles. La caja blanca y azul. El *robito feliz*. Pidiéndolo a gritos. Me sonreí. Me reí; me atoré; inhale. Mi primo Leo entendería. Le encantaría.

Entonces llamé a Víctor, un amigo de Belfast; le dije que quería verlo. El lugar de siempre. Estacioné el auto en Woodlawn. Tomé el tren No. 4 al centro. Leía *The Score*, la novela de Parker, mientras ignoraba a todo el mundo. Vi a algunos irlandeses que conocía; les di imperceptibles saludos. El saludo Galway. Satrk escribía como un criminal. Eran auténticos recuentos de asaltos, estafas y trabajos. El único que lo igualaba era Ed Bunker y él era el verdadero matón.

Le conté a Víctor la historia de la furgoneta; que paraban por hamburguesas y papas. Se sonrió. Tosió. Se rió. Gesticuló; grandes lágrimas resbalándose por su cara. Me recosté. Estaba orgulloso, eufórico, flotaba. Regresaba. Lo sentía.

¿Estás seguro? —dijo.

—Seguro. Estoy Seguro.

El séptimo día comenzó gris y sombrío. Negras nubes de lluvia se apelmazaban sobre Nueva York. La lluvia caía en incesantes capas. El Hudson se erizaba con gotas pesadas que caían en su superficie. Los caminantes corrían por el pavimento evitando el agua lluvia de las canales. Recogí a Víctor en su apartamento de la avenida McLean en Woodlawn. Vivía con una mujer americana que amaba su acento. Él no era el señor romanticismo, sin embargo. Cuando le propuso matrimonio, dejó el anillo en la mesa y le dijo: Ahí hay algo para ti. —Cuando ella gritó y dijo ¿Estamos comprometidos? — él dijo: Tú nunca sabes.

Él es un poco discreto.

—Mejor suerte hoy—dijo.

Asentí. La lluvia siempre me trae suerte. Es más fácil distraer a la gente. Los policías se aletargan. Se limpian las calles. Se aclara mi mente. Como iones negativos.

Perseguimos a la GARDA desde el depósito. Tuvimos que dar varias vueltas hasta que pudimos agarrarla en la salida. Observé a los conductores. No era fácil. Los limpiaparabrisas estaban al máximo. Eran los mismos conductores del viernes en McColon. Estaba eufórico.

—¡Son ellos!

—¿Estás seguro?

—Segurísimo.

Los seguimos mientras hacían las recogidas. Cuando se acercaban al área de servicio donde se detuvieron el viernes pasado me puse tenso. Dirigí el auto y dije: "Estamos adentro".

Víctor dijo: Tenías razón.

—Tienes razón; tengo razón.

La lluvia caía con más fuerza ahora.

—¡Jesús. Necesitamos Wellintongs con esta forma de llover!—dijo.

Podíamos ver toda la mierda. La GARDA blanca y azul se dirigió a la fila de ordenar.

Víctor me miró y flexionó el dedo de disparar varias veces. Recogió su Armalite. Apenas la furgoneta hizo la orden, aceleramos hacia la zona de entrega mientras los demás autos nos pitaban. Estaba lloviendo; todo era un desorden. Visibilidad cercana a cero. Los tipos de la furgoneta podían ordenar sin salir por el altavoz que tienen como el de los autos de la policía.

—"Muévete tarado"— Es un milagro que nadie haya agarrado a estos payasos pidiendo papas y hamburguesas en Youtube.

Cuando la furgoneta se detuvo a recoger el pedido, salí del carro, me bajé el pasamontañas, corrí agachado y me deslicé hasta el lado del conductor. Tenían que abrir la puerta para recibir la comida. Ninguna escotilla al frente. Apenas se abrió la puerta una fracción de pulgada, fue suficiente. Cuando el conductor se inclinó para recoger su comidita feliz, me abalancé, le jalé los brazos y su cara se golpeó contra el marco de la puerta. Le apunté sobre la cabeza al tipo de la escopeta. Le disparé a través de su elegantemente arrugado uniforme banco con azul. Le disparé al conductor gordo y la gravedad lo llevó al pavimento mojado. Su cabeza explotó en una fumarola carmesí.

Me introduje, empujé al impecablemente uniformado muerto de la escopeta fuera del camino y coloqué una carga de Semex contra la pared de separación de la unidad de carga. Usé apenas lo suficiente para volar el panel. Los paneles

internos son siempre frágiles; nunca se piensa que la gente
va a irrumpir desde dentro. No había guardias allí. Lo sabía
porque ellos sólo ordenaban dos comidas felices. Recortes de
gastos, supongo. Salté afuera cuando la carga detonó. Me tre-
pé dentro del recinto del dinero. Las bolsas eran pesadas. Las
lancé al frente. Eché un vistazo al McColon. Pude ver a Víctor
en el mostrador balanceado el rifle y bebiendo una soda con
un pitillo. No toqué las bolsas con monedas.

Revisé el reloj. Dos minutos cumplidos; hora de irse.

Me levante y tiré las bolsas al patio mojado, grasoso de
lluvia, gotas de gasolina, sangre y papas fritas. Algunas de las
bolsas rebotaron en el conductor gordo.

—Lo siento caballero— dije.

Dentro del pasamontañas, el sudor corría dentro de mis
ojos. Lancé las bolsas dentro del carro con las puertas todavía
abiertas, el motor todavía andando, la lluvia todavía cayendo.
Víctor todavía pavoneándose. Era muy riesgoso sólo para dos.
Pero él era el perfecto villano y yo no quería repartir entre muchos. Y la lluvia lo hizo perfecto. Un carro detenido con luces
de emergencia en esta lluvia no es problema.

Víctor me miraba. Cuando vio que yo casi terminaba, disparó una ráfaga al techo. Pude verlo pero no oírlo. Vi los pedazos de baldosas cayendo y cabezas agachándose. Él saltó
sobre el mostrador. Salío caminando. Me ayudó a levantar las
bolsas restantes. Dos minutos cincuenta segundos. Pude oír
las sirenas. La lluvia los demoraría y los confundiría. Aunque
eso era fácil.

Puse reversa, pisé el acelerador, salí del área de servicio y
entré en la I-87. Víctor me pasó una comida feliz. La tiré por
la ventana. Yo era vegetariano.

—Esa mierda te va a matar, Víctor— Le dije.

—¿Estás seguro?

—Sí. Estoy Seguro.

Traducido por Carlos Velásquez Torres

Sin excepciones

Lo vimos entrando a Cannon. Y quizás eso es lo que tendríamos que usar para agarrarlo.

—Ok. Ve y sácalo —dijo Pender.

Él se volteó para vernos.

—El lugar está repleto de ingleses también. Entonces, cuidado.

Pender y el chofer esperaban en el auto. Jack y yo revisamos nuestras armas y la calle, luego salimos. Cuando llegamos a la cabina de seguridad nos inspeccionaron con cámaras de circuito cerrado. Nos preguntaron quiénes éramos.

—El IRA, ¿quién más? —Dije. —Abran la puta puerta. Está cayendo aguanieve aquí afuera.

Estaba helando. Frío, cántaros de lluvia bajando de las colinas de Belfast.

—¡Jesús! ¿Te puedes callar? —Jack me reprendió y dio su nombre; de dónde era, su temperatura, a quién conocía, etcétera; así que, eventualmente, el mecanismo electrónico abrió la puerta y entramos. No éramos la más activa de las unidades en servicio en Belfast; así que el portero podría tener razón al ser tan cuidadoso. Me gusta pensar que estoy a mano.

—Hola muchachos —dijo el portero. —Lo siento pero debemos tener cuidado.

—No hay problema —dijo Jack.

—Jódete —dije. Soy un poco irritable, supongo.

El hombre me miró pero no dijo nada. Me sacudí la lluvia de la chaqueta hacia él.

Cuando pasamos, él se hizo para atrás pero asentí en su dirección para mostrarle mis habilidades de control de ira. No soy un completo cabrón, o quizás sí. De todas formas, nunca se sabe cuándo uno de estos tipos se ofende y marca al 1-800-DI-GO-TODO.

El lugar estaba repleto y lleno de ruido, el golpeteo de la música. Ubiqué a Sean. Cuando noté que Jack miró dónde yo estaba, le señalé con un movimiento de cabeza hacia la parte trasera del bar.

Pasamos por entre la multitud. Jack le tocó el hombro a Sean y yo observé su reacción. La mano que sostenía el jarro de cerveza le flaqueó un poco y vi sus pupilas dilatarse pero se recuperó rápidamente y llevó el jarro a sus labios. Yo estaba impresionado.

—Hola muchachos —dijo. —¿Les puedo invitar una cerveza?

Jack tomó el control.

—No. Tenemos que irnos. Pender quiere verte.

Vi su mano flaquear de nuevo pero asintió y dijo —Ok. Estaré con ustedes en unos minutos; sólo termino con esto. No me gusta desperdiciar un buen trago.

—Deja esa mierda —dijo Jack. —Nos tenemos que ir. Deja la puta jarra y vámonos.

—Tranquilo, Jack —le dije, poniendo mi mano en su brazo. —Este sitio está muy lleno para sacar las armas.

—Tienes un chico listo aquí. Llegará lejos, yo diría; lejos, lejos.

Tenía razón.

Jack estaba furioso.

—Ok. Apúrate con esa mierda.

Miré alrededor. La pista de baile estaba llena. Chicos flacos de cabeza rapada bailando pogo; saltando en olas altas con los ritmos entrecortados de los Undertones, Stiff Little Fingers y los Outcasts. Un mar de modernos guerreros Massai.

—Bien muchachos. Terminé. Guíanos, McDuff.

—¿Qué es esa mierda de McDuff? —Preguntó Jack y Sean me guiñó.

—Nada de capítulos literarios entonces, ¿verdad? —Dijo Sean.

Él me miró de nuevo pero yo le clavé los ojos. Su sonrisa se disolvió y sus ojos se llenaron de miedo. Sonreí, me le acerqué y le susurré:

—No hagas eso de nuevo.

Jack, perplejo, nos miró pero no dijo nada. Cuando salimos, me sentía estupendo. Me sentía vivo. Salimos de Cannon por la puerta trasera, dimos la vuelta hasta el frente, sondeamos la calle y la cruzamos hacia el carro con Sean en medio. Jack entró al auto seguido de Sean y luego yo.

—¿Dónde putas estaban? Dijo Pender. —¡Jesús! Pensé que tenía que entrar por ustedes. Una puta patrulla británica acabó de pasar también. ¿Qué putas estaban haciendo?

Claramente, tenía una palabra favorita.

—Estábamos viendo a la gente poguear— dije. —Usted sabe cómo es.

—¿De qué putas hablas?

—El pogo, como los Massai, como los tipos oscuros de Africalandia.

—¡Jesús! Me estoy volviendo viejo para esa mierda.

—¿Nos vamos?— Preguntó el conductor.

El conductor me miró por el retrovisor. Yo asentí y sentí que la tensión se reducía. Entramos al lento tráfico pesado debajo de la calle Falls y nos dirigimos a Belfast. Nadie hablaba.

Me enamoré de Belfast desde el primer día en que llegué allí. Las colinas de Belfast dominando la ciudad, dando una sensación de protección y estabilidad, lo que era una ilusión. Abajo en la ciudad se encontraban las máquinas de la muerte. Una lluvia pesada se derramaba desde el mar. Era como Galway de nuevo. Amo la lluvia y las carreteras mojadas y resbalosas. Setos escurriendo lluvia. Niebla evaporándose de los caminos después de repentinas lloviznas de verano.

Cuando le digo esto a la gente, no saben de lo que estoy hablando.

Me gustaban los acentos de Belfast. El negro sentido del humor. Claro que la ciudad estaba llena de violencia, caos, dolor y sufrimiento también. También me gustaban esas cualidades y me sentía a gusto allí. Cuando le digo esto a la gente, tampoco saben de lo que hablo.

La mayoría de la gente no sabe de lo que hablo. Mientras íbamos al sur, oscurecía; el frío se acentuaba y conducíamos a través de una niebla seguida de cerca por una persistente y pesada lluvia.

—Jesús. Este clima es una mierda. —Dijo Pender.

—A mí como que me gusta. —Dije.

—Te gustará.

Se volteó y me miró.

—Tú me preocupas a veces, ¿lo sabías? —Entonces se volteó de nuevo.

Vi que el conductor me miraba por el espejo otra vez. Sus ojos verde azulados miraron a otra parte. Vi las luces de granjas aisladas, pensando en el trabajo antes de nosotros. El bajo volumen de la radio invocaba un estado meditativo. Johnny Cash estaba cantando "Wanted Man".

—¿Puedo fumar? Preguntó Sean a mi lado.

—No, no puedes fumarte un puto cigarrillo. Este no es un puto paseo escolar.

—¡Jesús! tranquilízate. Sólo quiere un cigarrillo. — Dije.

—¿Cuál es tu puto problema? No estás a cargo todavía. Lo sabes.

—Sí. —Dije y le clavé la mirada. Después de un rato, se volteó y dijo suspirando:

—Ok, Ok. Denle un cigarrillo.

Encendí un cigarrillo y se lo pasé a Sean.

—Esto no quiere decir que te amo, lo sabes, pero podría agarrarte la mano después cuando las cosas se pongan duras.

—¡Jesús!, deja esa mierda, McGowan. Eres un puto enfermo.

Sonreí y observé como pasaba la oscuridad.

—¿Adónde vamos, de todas maneras? —Dijo Sean después de terminar el cigarrillo. —No reconozco esta carretera.

—Ocúpate de tus propios putos asuntos. —Le dijo Pender al parabrisas mojado el frente de él.

—Es acerca de "necesidad de saber" y tú ya sabes mucho. Por eso es que estamos dando esta vueltica. Lo sabrás muy pronto en todo caso. ¿Ok? Ya casi llegamos.

—Ahí está la curva. —Dijo el conductor. Disminuyó la velocidad, miró por el espejo y entró por una estrecha vía rodeada de cercos altos. Nos detuvimos en una granja de dos pisos y Pender tomó el control de nuevo.

—Ok. Parece que está limpio. Maneja alrededor. Estaciónate y esconde el auto. Vigila al fondo del camino. Usa el radio y el Armalite, en ese orden, si se necesita.

—¿Qué contraseña vamos a usar? —Preguntó el conductor. Su sobrenombre era Tullido, porque así terminabas cuando te cruzabas en su camino.

—¿Qué tal, parqueo de tullidos? —Sugirió.

Me reí.

—No. —Dijo Pender.

—¿Qué tal Crips?

Siempre quiso vivir en Los Ángeles.

Pender suspiró.

—Usa pogo. —Dije, resolviendo el asunto.

—Ok. —Dijo Pender. —Lo que sea por vivir tranquilo. Vamos.

—Bien, Sean. Muévete. —Dije.

Abrimos la puerta trasera. Jack y yo revisamos los cuartos mientras Pender se paró dentro de la puerta tomando el brazo de Sean. Debimos haber revisado antes de que entraran pero yo ya sabía que era seguro porque tengo habilidades psíquicas lo que no va muy bien con mi actual estilo de vida. Ni mantras, meditación o salchichas vegetarianas para mí. No creía en matar animales estúpidos excepto a los informantes o a los pistoleros leales.

—Ok. Es seguro—

—Bien. Entra Sean —Dije.

Fuimos al cuarto que tiene el mejor aislamiento contra el ruido y puse mi arma en la cabeza de Sean.

—Ok. Retírense.

—Mira. No hay necesidad de esto. Te diré todo lo que quieras. —Dijo Sean.

—No te preocupes. Sé que lo harás. Sólo que lo hiciste con los británicos. —Le dije. —Ahora, quítate la ropa o lo haré por ti.

—McGowan, todavía estoy a cargo, así que observa. —Dijo Pender clavándome la mirada.

Sonreí y me encogí de hombros.

—Ok. Desnúdalo. No me pongo celoso.

—¡Jesús! Te voy a conseguir un puto traslado cuanto antes.

Sean se desnudó hasta quedar en interiores. Usaba un bóxer con Mickey Mouse. Yo esperaba un Tricolor o un eslogan Sinn Feinn. Pensé que era una prenda rara para usar. Tan americana, tan banal. Atamos sus manos y pies con esposas plásticas. Lo sentamos en una mesa. Me paré tras él y Jack en la puerta.

—Estos cigarrillos podrían ser muy útiles, especialmente si se ponen en los genitales cuando se prenden. —Dije en un acento de Oxford-Cambridge, lanzándolos en la mesa.

Pender se levantó, sacó su revólver y me apuntó a la cara. Yo pude ver las balas dentro de las recámaras y el hoyo negro del cañón.

—Mantente fuera de esta puta mierda —Me gritó.

—Ok, Ok. Sólo trato de ayudar.

Pender se sentó y empezó el interrogatorio golpeando a Sean en la frente con la pistola. Impresionante. Eso tuvo que doler.

—Bien. —Dijo Pender enderezándose. —Esta es una corte marcial debidamente constituida por Óglaigh na hÉireann[25]. Se te acusa de traición. ¿Cómo te declaras?

—Vete a la mierda. Yo no he hecho nada.

Por lo menos tenía carácter.

—¿Aceptas que eres miembro del IRA?

—Por supuesto que soy un puto miembro.

Me preguntaba si los dos estaban relacionados cogno-lingüísticamente.

---

25 Óglaigh na hÉireann: Expresión en gaélico que puede ser traducida como Los soldados de Irlanda o los guerreros de Irlanda. (Nota del traductor)

—Ok. Puesto que lo eres, entonces ¿reconoces la legitimidad de una corte marcial debidamente constituida, correcto?

—Ok. Sí. Sí.

—Este es el emplazamiento de la corte marcial. ¿Quieres leerlo, Sean?

—No, Pender. Es pura mierda.

—Ok. ¿Te declaras culpable del cargo de ser informante de la policía? ¿Sí o no?

—No. Ni por el putas. Jódete.

—Eso es inocente, entonces —le dije al oído. Debió haber olvidado que yo estaba allí porque saltó de la silla, pero como tenía las piernas atadas se golpeó la cabeza con la mesa cuando se cayó.

—McGowen, mantente fuera de esta puta mierda o habrá otra ejecución. —Dijo Pender mientras veía a Sean tratando de volver a la silla.

—¿No es un poco apresurado? —Dije. —¿No quiso decir corte marcial? ¿Qué tal ser inocente hasta probar estar muerto?

—Mira. Te lo advierto. —Replicó Pender. —He hecho esto antes, pero es peor con un psicótico empeorándolo todo.

—¡Jesús! Tranquilízate. Me voy a comportar.

—Ok. ¿Dónde putas estaba? Bien. Oímos una declaración de inocencia. Si eres culpable, la pena es la ejecución. ¿Sabes eso?

—Sí. Lo sé. —Murmuró Sean.

—Durante los pasados seis meses ha habido redadas en depósitos de armas y casas de seguridad e interceptaciones a unidades de miembros de servicio activo. Incautaron RPGs y también Armalites, Semtex y munición.

Pender hizo una pausa.

—Uno de nuestros miembros en el Royal Ulster Constabulary estableció que había un miembro de alto rango del IRA suministrando información al RUC. Pensamos que podías ser tú por la descripción física, pero lo demás casi no cuadraba. De todas formas, nadie podía creerlo excepto el psíquico psicópata que tienes detrás. Por eso está ahí.

Finalizó señalándome.

—Eso es una carga de pura mierda. ¡Jesús! Me preocupé por un minuto.

—¿Por qué? Me pregunto. —Le dije al oído como un acto de contrición.

Saltó de nuevo, se sobresaltó, pero esta vez lo agarré.

Pender se levantó de la mesa, levantó el arma y me apuntó.

—McGowan, esta es la última vez que te lo advierto.

Lo miré por un momento y me senté.

—La próxima vez que levantes el arma contra mí es mejor que la uses. —Le dije.

Pender se sentó. Respiraba pesadamente y sudaba. Soltó el arma sobre la mesa y miró a su alrededor como aturdido. Una vena en su sien palpitaba fuertemente. Jack estaba mirando de ida y vuelta entre nosotros. La tensión en ese cuarto era alta.

Pender se reenfocó y reinició el interrogatorio.

—Se ve muy mal para ti, Sean. Tenemos evidencia muy fuerte.

—¿Como cuál? Es pura mierda de todas formas. ¿Qué ha hecho ese marica detrás de mí por la causa?

Salté. Saqué un puñal de una funda del tobillo y se lo clavé en el omóplato. Él gritó y forcejeó para retirarse pero cayó de espaldas al piso. No mucha sangre, pero un dolor increíble. Pender me miró pero no se movió.

—Eso fue personal —dije. —Perdón por la interrupcioncita.

Pender me miró un largo rato y luego vio para otro lado.

—Levántalo. ¿De acuerdo? Le pidió a Jack.

Jack se alejó de la puerta y levantó a Sean. Él estaba sudando ahora, respiraba con dificultad y estaba pálido. Le saqué el puñal y se desmayó por un momento.

—¿Cómo putas se supone que va a responder preguntas medio inconsciente? —Preguntó Pender.

—Pensé que se suponía que era un valiente voluntario del IRA. —Dije. —¿Cuál es el problema? Necesitamos algo de acción de todas formas. Me estaba aburriendo. Él es un bocón, como si no supiéramos. Esto se está demorando mucho.

—Si tuvieras la boca cerrada y las manos aparte llegaríamos a algún lugar. —Dijo Pender.

Me encogí de hombros y limpié la sangre de la hoja con los pantaloncillos de Mickey Mouse de Sean. Pender suspiró y se dirigió a Sean cuando volvió en sí.

—Mira, sabemos que la evidencia del soplón de la RUC es riesgosa pero filtramos alguna información sobre una casa de seguridad y te lo dijimos sólo a ti, y al día siguiente los británicos incursionaron. Así que básicamente estás jodido.

—No me importa. No fui yo. Pudo ser cualquiera. Pudo ser una puta coincidencia.

—De ningún modo. —Dije.

Pender ni me miró.

—Mira. Te filtramos algo más también, y dos días después un depósito de armas fue allanado. Estaba repleto ahí, como probablemente lo has oído puesto que te pagaron por la calidad de la información.

—¡No le dije nada a nadie!

—Pogo, siga. —Carraspeó el walkie-talkie.

Todos saltamos, aun yo. La ciudad tensión. Agarramos nuestras pistolas. Le puse una cinta en la boca a Sean. Pender tenía el radio.

—Tullido, ¿qué pasa?

—Tiene que decir cambio, cambio. —Dijo la pequeña respuesta.

—Tullido, ¿qué gran putas está pasando —¡puto cambio!

—Británicos muy cerca. Parece una patrulla casual, sin embargo. Parecen cuatro reclutas. Sin apoyo ni helicópteros. Cambio.

—Ok. Estaremos sin movernos por un rato. Dinos que pasa. Cambio.

—Se están aproximando a la curva, así que lo sabremos pronto. Creo que vi otros cuatro tipos más atrás. Cambio.

—Puto cambio. —Pender me miró y luego a Jack. —Si nos atrapan con un prisionero está mal. Peor si nos atrapan con un prisionero muerto estamos jodidos. Así que todo el mundo putamente relajado.

—Los primeros cuatro pasaron. —Carraspeó el walkie-talkie.

—Parece bien. Cambio.

—Bien, ¿qué pasa con los otros? —Dijo Pender.

—Tiene que decir cambio. —Dije.

—Puta, Tullido. ¿Qué pasa con los otros? ¡Puto cambio!

Esperamos. Yo estaba relajado de nuevo. Acepto lo que pasa sin importar lo que sea. Es una buena filosofía de vida. Así nada te molestará. Se siente seguro porque es tu destino. Debí ser filósofo, de veras. Sean estaba aterrado.

—El resto de la patrulla ha pasado. Se ve bien. Cambio.

—Bien. Mantente en observación en caso de que regresen. Cambio.

—Bien. Cambio.

Esperamos diez minutos. Entonces llegó el momento. Desaté las piernas de Sean y le quité la cinta de la boca.

—Arrodíllate Sean. —Le dije.

—¡Jesús muchachos! Esto no puede ser en serio. Ustedes saben que yo no les diría nada a los británicos. Miren, me disparó un Para y saben que maté a todos a mi alrededor en los viejos tiempos.

—Arrodíllate Sean.

—¡Jesús, muchachos! ¡Esto no puede estar bien ni por el putas! ¡Ustedes saben que odio a los soplones! Me mataría si fuera uno. No esperaría siquiera que ustedes vinieran por mí. No hay forma de que yo lo hiciera. No tiene sentido.

—Sean, arrodíllate. Es la hora. —Dije.

—¡Mira! ¡Por favor! Estoy arrodillado ahora. ¿Es lo que querías? ¿Te hace feliz? Por favor, no me hagan esto, ¿ok? Cualquier cosa que les dijera fue pura mierda, era mierda, ustedes saben.

—¿Eso es un hecho? —Dije.

No quería volver a los calabozos. Casi me matan la última vez. Hice mucho por la causa todos estos años. ¿Recuerdan ese ataque de ametralladora cerca de las barracas Gough? Yo maté tres británicos, yo solo, putos. Esto no es nada. Tienen que dejarme ir.

—Déjame pensarlo. —Pender dijo.

—No te esfuerces. Te puede dar una embolia. —Dije.

—Yo estoy a cargo aquí. Podría devolverlo.

—Devolverlo, mi culo. Nada se devuelve. Pender, ¿cree que es el puto recuento de una elección o algo así?

—Suena bastante inofensivo. —Dijo Pender.

—Nada es inofensivo, excepto un cadáver.

Pender estaba sudando.

—Sin excepciones. —Dije.

Rápidamente puse una capucha negra en la cabeza de Sean, me alejé unos pasos y le disparé dos veces.

Fue un estruendo.

Antes de que cesaran las reverberaciones de los disparos, dije: —Ok, Jack, vamos a envolver a este hijo de puta y salir de aquí.

Pender me bramaba que no habíamos dictado sentencia, que la ejecución era ilegal.

—¿Y qué? ¿Qué vas a hacer?

—Yo soy el comandante en jefe, McGowen. Tan pronto como regresemos, lo voy a reportar.

Levanté la pistola lentamente y él me miró con una mezcla de escepticismo y reconocimiento e hizo un desanimado esfuerzo por ir por su arma.

—Reporta esto de regreso. ¿Por qué no?

Le disparé en el corazón, la garganta, la frente y eso fue todo.

—Bien, Pender— Dije sobre su cuerpo. — No estás más a cargo.

Jack estaba parado mirándome.

—Vámonos. Dos hijos de puta por el precio de uno. Estaba a punto de hacer crack. —Le dije a Jack.

Sé que rima.

Jack jaló una sábana de polietileno hasta el centro de la habitación y arrastró los dos cuerpos a través del áspero suelo de concreto. Recogí mis cigarrillos de la mesa y salí. El aire de la noche olía bien y las estrellas brillaban claras en el cielo decembrino. Encendí un cigarrillo e hice el pogo.

Y eso fue todo.

Traducido por Carlos Velásquez Torres

Mi bella, bravía y bestial, Belfast

Un tanque Saracen mal aparcado, perfilado al atardecer contra la niebla que se levanta lenta del Lagan, las ruedas altas se abren sobre el camino peatonal, la armadura metálica abollada y gris, tenue resplandor entre la luz que se agota.

El muchacho corre hacia las tiendas a través del camino empedrado, su madre le grita desde la puerta:

—Ten cuidado.

—Está bien Mamá

Los disturbios han cesado por un rato. Hora del té. Hay algunos adolescentes agazapados en la penumbra detrás de autos quemados al final de la calle, fuman, llevan pasamontañas y tienen resorteras en sus manos, observan, esperan.

Su hermana Bridie corre por la puerta tras él, roza a su madre. Ella grita:

—¡Bridie! ¡Bridie!

El muchacho voltea la cabeza. Un soplido de humo se disipa por la ranura de armas en el Saracen. Él siente la velocidad del disparo desplazando el aire cerca de su rostro. Todavía percibe su sonido. La bala golpea a Bridie en el puente de la nariz, la levanta del suelo, la arroja contra el travesaño de la puerta. Su rostro estalla en pedazos. Su tejido cerebral y su sangre chorrean por la pared de su casa. Una depravada pascua en Belfast.

La madre grita.

Él también quiere gritar pero nada le sale. Cae de espaldas –la muñeca de trapo de su hermana está hecha pedazos. Los vecinos salen — agarran a la madre y la alejan de allí.

Alaridos.

El tanque, indolente, se mueve de su posición, su panza puede verse mientras pasa sobre las barricadas improvisadas de la "Tierra Sagrada" — Calle Palestina, Calle Jerusalén, Calle el Cairo. Mientras se mueve lento por la calle, las muchedumbres salen. Una lluvia de piedras cae sobre la armadura.

El sacerdote llega. La RUC llega. La sangre de Bridie fluye por la vereda, rebosa sus bordes y encharca la cálida calle veraniega. La ambulancia llega. Con sus rostros cenicientos tratan de trapear la sangre. Cubren el rostro de Bridie con una sábana blanca pero las manchas rojizas se esparcen rápidamente por la tela. El muchacho se acerca para estar junto al cuerpo de su hermana.

Su madre todavía grita, afligida. Una cascada de sirenas invade las angostas calles grises mientras más ambulancias y carros de policía llegan.

El chico mira hacia la calle. La sangre resplandeciente y oscura de la cabeza de la nariz y las orejas de su hermana, le rodea los zapatos y sigue fluyendo. Él se quita los zapatos y las medias y se queda de pie entre la sangre caliente para no olvidar.

El sepulturero se lleva el cuerpo para el Royal Victoria. Los vecinos apartan a la madre, la mirada del chico sigue la carrosa fúnebre hasta que se pierde en el puente Ormeau. Los vecinos tratan de convencerlo de que entre. Él se queda de pie en el pavimento hasta que ha entrado la noche y el frío viento del río Lagan le hace temblar las rodillas. Entra a la casa dejando pequeñas manchas rojas en el linóleo del corredor. En el cuarto de ella, él se cubre hasta la cabeza con la sábana. Permanece despierto toda la noche.

En la mañana, las huellas rojas se han estampado en la sábana blanca.

En el velorio, al siguiente día, una multitud inunda el salón del frente. El ataúd abierto descansa sobre las sillas de espaldar duro de la cocina. La cabeza de Bridie envuelta con gruesas vendas blancas. Susurros. Toses. Humo blanco-azulado de cigarrillo rodea a los dolientes. Las mujeres en la cocina sirven bebidas, té y reparten sánduiches de jamón en silencio.

El chico está de pie a la cabecera del ataúd.

Su madre encorvada en la silla junto a él mira al vacío. El muchacho viste pantalones negros, camisa blanca y corbata negra. Se queda de pie allí todo el día. Observa a todo el que se acerca. Jóvenes Boot Boys demacrados, con piel cetrina y ojos feroces inclinan la cabeza para saludarlo. Tocan su mano al pasar, manos callosas, manos manchadas de petróleo, manos de robo de autos, manos lanza-piedras, manos delgadas, manos letales. Él asiente en respuesta.

Él permanece de pie junto al ataúd toda la noche después de que se han llevado a dormir a su madre, después de que los vecinos se han ido a casa, mientras los familiares tratan de dormir un poco en las recámaras del segundo piso.

En el funeral, los compañeros de escuela de Bridie forman una guardia de honor mientras el cortejo fúnebre sale de la casa para la iglesia. Delgadas piernas pálidas y flacas caras pálidas, corbatas negras y camisas blancas. La misa está llena de llanto y redención divina.

El ataúd es llevado por la empinada calle de la iglesia, el muchacho y sus primos cargan a Bridie. Sus compañeros de clase caminan a su lado practicando la marcha de la tristeza que pronto perfeccionarán.

Cada noche, desde los altos tejados, el muchacho lanza bombas mólotov. Besa cada botella antes de hacerla volar de un extremo al otro, la luz forma una cascada antes de aterrizar. Él trabaja en silencio, eficientemente. Subió los tejados por primera vez la noche del funeral. Su concentración es total. Sus lanzamientos prodigiosos. Las chicas lo admiran. Lo besan. Espera hasta que los Saracens están fuera del alcance de los otros lanzadores.

Los *squaddies*[26] se recuestan contra el metal blindado. Fuman. Ríen. Sus rifles apuntan al suelo. Se relajan.

En ese momento, el muchacho sube hasta el borde del tejado. Saca las bombas mólotov de sus cajas. Un acólito las enciende y él las lanza. Un arco de fuego amplio. Los *squaddies* se esparcen, pero es muy tarde. La bomba les cae en pleno, fundiendo sus pieles con el caqui de sus uniformes. Su madre lo observa salir de casa en las noches y lo espera despierta hasta que regresa. Su pena la quema en el fondo. Es un arco bien pulido que lo hiere hacia adentro.

Lo llevan fuera de la ciudad en fines de semana largos cuando el sol está más alto en el cielo del verano y los católicos escapan de Belfast hacia el sur, en las tardes palidecientes; él dispara su revólver hacia blancos en árboles rotos por el viento de una casa de seguridad. El fogonazo elegante, estrecho en una corona dentada de luz, doce pulgadas en frente al cañón; la bala cortando algunas ramas bajas antes de impactar las latas y las botellas en la sombra. El intervalo entre los disparos es largo y él deja que el eco de la detonación cese antes de levantar el brazo de nuevo. Cuando dispara una carga completa, abre el tambor con un estilo diestro; apunta el cañón hacia el aire y deja caer los cartuchos entre sus manos encallecidas, luego deposita los casquillos todavía calientes en su bolsillo. Con lenta eficiencia recarga y dispara de nuevo; la noche se hace más oscura, las flores de fuego se hacen más claras.

Está sentado en el piso de un cuarto de la planta alta de una casa de seguridad en Ballymurphy; su espalda se recuesta sobre una pared cubierta con papel tapiz decorado con imágenes de indios cazando búfalos con lanzas y flechas, indios con los torsos desnudos en caballos de apariencia salvaje por sobre la yerba alta respirando en la nuca de las presas que intentan escapar.

---

26 Soldados del ejército británico. (Nota del traductor)

La ventana está abierta capturando los sonidos de la calle —campanas de Ángelus, ruidos de niños jugando en la larga tarde de verano, el latido de helicópteros militares sobrevolando las calles de Belfast.

Presta atención a los pasos que se acercan por el camino, escucha la risa de las muchachas del lugar, reconoce los acentos ingleses tan admirados y tan odiados. Una nueva pistola contrabandeada de España con una pátina de aceite abrazada al metal gris, descansa en el suelo junto a él. Un hombre mayor está sentado enfrente para supervisarlo, para purgarlo y purificarlo.

Los pasos se acercan calle arriba –las chicas ríen en la oscuridad.

Squaddies fuera de servicio embriagándose en el sofá de la sala. Relajándose, de juerga. Una noche de viernes en las calles de Belfast –donde las chicas son hermosas. Donde las putas cosas se complican. Donde los Undertones cantaban *Teenage Kicks* y los Stiff Little Fingers tocaban *Suspect Device*. La música tratando de expugnar la enfermedad del odio con el pogo, con acordes en staccato, con ritmos cortantes. Lanzar el odio detrás de las barricadas. Enviar esa enfermedad de vuelta a las casas de terrazas apiñadas desde donde se filtra el odio por los británicos, por los *Prods*[27] y los Taigs[28].

Chicas de familias republicanas –feroces, fanáticas, probadas bajo fuego- atrajeron a los Squaddies por la causa. Para matarlos; por los hermanos en huelga de hambre, por los hermanos abaleados por los Paras, por los hermanos acribillados por los *Prods*. Fragilidad, febril por siempre jamás.

Los milicos se lo merecían.

Quizá.

Soldados del Reino.

---

27 *Prods* es un término derogatorio para referirse a los protestantes de Irlanda del Norte que son leales al dominio británico. (Nota del traductor).

28 *Taigs* es un término despectivo que los extremistas leales al dominio británico usan para referirse a los católicos irlandeses. (Nota del traductor).

Muchachos.

Chicos-soldados.

17, 18, 19 años. ¡Eliminados!

Jóvenes recios de clase trabajadora arrancados de los campos grises de Coventry, Manchester, Birmingham, Wolverhampton —arrojados a las todavía más inhóspitas calles de Belfast. Mi bella, bravía y bestial, Belfast.

Protegiendo el imperio para los *mandarines* británicos de cuello blanco, hombres de manos suaves que bebían té con crema y jugaban juegos de guerra. Sin guantes. La mano roja de Ulster. Bañada en sangre. Sin rendirse. ¡A la mierda el Papa! A la mierda el pueblo! ¡Es una necesidad estratégica viejo amigo!

Desciende la escalera de forma silenciosa, con zapatos tenis, la boca seca, e irrumpe en la sala.

Tomados por sorpresa los squaddies de repente recuperan la sobriedad, ansiosos, nada más son jóvenes, dos de ellos hermanos. Con el pelo corto como él, desarmados, se levantan del sofá, tambalean, mientras suena *Teenage Kicks*.

Las chicas agarran sus carteras, salen corriendo hacia la calle, cierran la puerta tras de ellas.

—¡Por favor, por favor!

—El muchacho los observa en silencio, absorbe el momento, los cubre a todos con el arma, haciendo barridos en arco, sigue firme. El hombre mayor aparece detrás del muchacho.

—Lo lamento muchachos, —les dice a ellos.

—Hazlo, —le dice al muchacho.

Dispara, apunta, falla algunos tiros —difícil de creer, a un pie de distancia. Los squaddies caen, allí tumbados, con los brazos estirados, se estremecen, se desangran allí.

Un chiquillo asesino. Ese era yo.

Traducido por Carlos Aguasaco

Noticias

El muchacho soñaba con volar, con lanzarse, con saltar desde edificios, con caer por escotillas, de biplanos rastreando las trincheras del Frente Occidental, con ametralladoras frontales disparado a través de las hélices, con el Hindenburg estrellándose envuelto en una bola de fuego; con los Messerschmidts virando abruptamente para evitar las brillantes luces de arco, con los Junkers y los Heinkels con pesadas cargas volando bajo en las frías mañanas de primavera, con el quejido de los Stukas bramando bajo por los patios de los ferrocarriles.

Sintió duros nudillos a lo largo de su columna vertebral, cachetadas en su cabeza, sus orejas retumbando.

— ¡Despiértate, maldición!

Su madre parada junto a él. Oscuro todavía. Él podía ver el rojizo fulgor del cigarrillo.

— Hay alguien en la puerta. Encárgate.

McGowan revisó las cerraduras de las ventanas. Miró a la Avenida San Nicolás y al corazón de la República Dominicana en Washinton Heights. Nada inusual. Sólo la suciedad habitual. Las bodegas, llenas de productos tóxicos procedentes de China, panaderías con tortas enlazadas con azúcar y almidón; las calles llenas de basura y palomas y tipos gordos en mangas de camisa alimentando a sus gordas contrapartes como si las palomas fueran exóticas mascotas.

Sanos dominicanos jugaban dominó en la acera o acomodados en barberías donde se admiraban en los altos espejos y veían el béisbol por horas sin cesar. Indolentes patrullas policiales de la Estación 85 se paseaban, hablando por celulares, rascándose, ocupados como siempre, sin poner atención a nada, excepto a las mujeres dominicanas apunto de reventar de los salones de manicure y de sus blusas.

McGowan se consoló con el granito gris de la iglesia católica que colindaba con su edificio. Por la noche, salía por la ventana y se paraba en las brillantes losas del techo de la iglesia y subía a la cima y a lo largo de la cresta del tejado a la alta cruz de granito desde donde miraba abajo hacia la calle.

Los irlandeses se habían marchado hace mucho desde que la iglesia fue construida en 1930. Ahora, los acentos rurales de Irlanda habían sido reemplazados con el español áspero y de ráfagas que los españoles europeos despreciaban. Casi no había irlandeses en un radio de una milla de edificios de cinco plantas donde vivía McGowan. La última resistencia quedaba en el edificio de McGowan: John Kelly y su madre Eileen quien era de Galway, el pueblo natal de McGowan. Cuando se encontraban por las escaleras, ella se apoyaba en su bastón y hablaban de las carreras en Galway, de los cisnes en Woodquay, los días de verano cuando la lluvia y el sol luchaban por prevalecer. Los botes de pesca en Claddagh, el solitario sonido de los motores diésel de los barcos arrastreros pujando en los muelles. El Promenade en Salthill, el casino de Claude, las casas de té de Griffin, de Nimmos, el mercado sabatino mañanero bajo los castaños centenarios.

Eileen Kelly sabía que nunca volvería a Galway, así que tenía que recordar cada detalle. McGowan sabía que nunca regresaría. La tristeza se filtraba en sus días en Galway.

Los dominicanos enloquecían a John Kelly, lo que no era muy difícil. El quedó perturbado desde Corea cuando un fuego de morteros aterrizó junto a él en una fangosa y poco profunda trinchera y voló a cuatro de sus compañeros por separado. Ahora, su constante estribillo era: ¡desearía que me hubieran matado también! Tenía razón, pensaba McGowan.

John golpeaba el piso con un martillo cuando el profundo bajo de música *house* retumbaba desde el apartamento de abajo. El dominicano que vivía allí, Hernández, era un pequeño traficante de drogas que ponía música día y noche. A McGowan no le importaba mucho; le gustaba el ritmo, le gustaba el sonido, la vibración; le gustaba el *house*; le gustaba la modulación, el tono. Además no estaba perturbado por Corea o Belfast. Mc-Gowan sólo odiaba el espantoso merengue que el vecino del contiguo 5C ponía las tardes de sábado mientras se divertía con sus múltiples amigas. MacGowen se metió en el 5C un día en que el dueño no estaba y se robó la colección de merengue. Esa noche, lanzó los discos como si fueran *frisbees* desde el puente George Washington al Hudson. Al siguiente sábado, las canciones de ABBA se colaban por las paredes.

Al menos tenía algún encanto (francés). Y no español.

Una noche cuando el crescendo del martillo de John Kelly alcanzó su punto máximo, Hernández no aguantó más. Corrió escaleras arriba y pateó la puerta de Kelly. Cuando vio que la luz atravesaba la mirilla, incrustó fuertemente en el cristal un picahielos con la fuerza de su puño. Despedazó el vidrio y fue directo al ojo izquierdo, el único bueno, de Eileen Kelly. Sangre y humor vítreo saltaron y se esparcieron hasta el mango. El daño peor fue hecho cuando tiró del arma para liberarla de la mirilla y huyó escaleras abajo. McGowan no estaba esa noche.

Estaba en Woodlawn haciéndose cargo de alguien.

La policía lánguidamente investigó.

Carajo—qué bien— sin testigos, excepto la anciana ciega en coma en el hospital. El caso se puede resolver… digamos, nunca. ¿Sabes quién fue, John? ¿Verdad? ¿Carlos Hernández? ¿Cierto? Bien, pues, jódete y pruébalo.

Fin de la investigación. Los policías odiaban a Kelly porque llamaba a la estación todos los días por algo. Una vieja irlandesa de ochenta años no era una alta prioridad para la policía de Nueva York. Si fuera una dominicana tetona con una uña quebrada ellos estarían trabajando al máximo.

McGowan cerró la cerradura dos veces y bajó las escaleras. Los escalones estaban manchados por el agua y las colillas de los cigarrillos. Cucarachas patas arriba se esparcían por el suelo. Él tenía la esperanza de que John Kelly se le escapara pero escuchó el resuello de John cuando se acercaba. McGowan tenía un cálculo del tiempo impecable. Al menos cuando importaba. Trepando techos, saltando mostradores de banco, planeando, acechando, esperando, haciéndose cargo de las cosas.

McGowan se ofreció, como un buen laico irlandés católico.

John se veía más enfermo que de costumbre. Caminaba por el puente George Washington cada día para ejercitarse y para alejarse de las hordas dominicanas pero eso tenía poco efecto. Estaba pálido y macilento. Ahora permanecía en vigilia en el Hospital Presbiteriano Columbia de la calle 168 la mayor parte del día mientras su madre hacía su mejor esfuerzo para morir y retornar a Galway por su bien. Si no fuera por su madre, habría saltado del puente hace años. McGowan caminaba por el puente cada noche cuando John estaba seguro en casa. Miraba al ancho río Hudson y sentía querer volar sobre la baranda. Le era difícil alejarse y caminar de regreso a Manhattan cuando el profundo espacio bajo los altos pilares del puente lo llamaban de regreso.

John se detuvo al frente de McGowan y comenzó a quejarse de la música, de los rufianes, los animales, los cerdos. La letanía acostumbrada. Cuando los residentes se cruzaban con ellos en la escalera, él subía el volumen así lo podrían oír: cerdos, animales, ratas, escoria, perros, etcétera. John esperaba su reacción. McGowan sólo asentía al pasar de los inquilinos y miraba a John hasta que eventualmente se callaba. McGowen le preguntó por su madre. La prognosis era poco alentadora. Aun si se llegara a recuperar, quedaría con estrés postraumático como John y necesitaría un parche para tapar la órbita ahora vacía. John asintió a McGowan y empezó su último ascenso por las escaleras y se detuvo después de dos escalones, girando.

—¿Alguna noticia para mí? —Preguntó el viejo.

McGowan se volteó y bajó las escaleras.

La calle estaba llena de carros estacionados a doble fila mientras los dominicanos sentados con música estridente desde las ventanas abiertas, monitoreban a los agentes de tráfico con espejos laterales. También observaban a las dominicanas pasar y hacían comentarios en voz alta, esculpiendo en el aire con sus manos, curvas elegantes que no siempre estaban allí.

Los dominicanos veían a McGowan casualmente como una curiosidad blanca en medio de la tierra del merengue. McGowan tenía la apariencia embrujada de los irlandeses en el exilio. Él pudo haber permanecido en el enclave norirlandés de Woodlawn pero lo recordaba como una cruz entre Athlone y Mullingar con la diferencia de que no había un río donde uno pudiera ahogarse.

McGowan caminó diez cuadras al norte hacia Inwood, buscando entre la multitud y los hombres recostados en sillas encadenadas a árboles raquíticos para tener siempre un sitio a donde sentarse. Hablando de predeterminación, ubicó a Hernández, el del pica hielos, sentado en el capó de un Lincoln Continental negro; fumando; hablando con otros dominicanos. McGowan tenía que mezclarse en el trasfondo pero tenía años de práctica en Belfast.

Había otros blancos más en Inwood también, lo que ayudaba. McGowan entró en una lavandería y observó a Hernández a través de la calle. El zumbido de las secadoras asordinaba el áspero entorno de conversaciones en voz alta yendo y viniendo a su alrededor.

Hernández eventualmente se bajó del capó, hizo varios complicados saludos de mano con los otros dominicanos y se alejó por St. Nicholas abajo. McGowan dejó el jabonoso y acre féretro de la lavandería. Media cuadra abajo, Hernández entró en el vestíbulo de un edificio de cinco pisos. Tocó el timbre hasta que el zumbido de apertura sonó. McGowan pudo oírlo y esperó unos segundos después de él para empujar rápidamente la puerta antes de que se cerrara. Hernández no lo notó. McGowan lo oía carraspear su garganta y escupir en el rellano. Encantador. En el cuarto piso McGowan lo alcanzó. A través de las ventanas abiertas, una brisa suave refrescaba el rellano.

El dominicano estaba sudando, McGowan no. McGowan pudo ver la humedad aperlada en su frente. Estaba mirando por la ventana. Se inclinaba afuera de la ventana con sus manos en el alféizar, observando a una mujer del edificio de apartamentos colindante. McGowan se le acercó por detrás como para pasar, se agachó y le cortó los tendones de Aquiles de las dos piernas, un viejo truco irlandés. Hernández se tambaleó hacia atrás, tratando de agarrar sus piernas con las dos manos para las que los cortados tendones eran inútiles. McGowan lo sostuvo y lo volteó, así que sus caras se encontraron. Hernández lo miraba en shock, su cuerpo se doblaba, sus manos tratando todavía de negar la pérdida de fuerza de sus piernas. McGowan le dio unas palmaditas y sacó un pica hielos del bolsillo de la chaqueta.

— Usted tiene una afición por estos, creo. Eso es francés.

McGowan le dio un cabezazo en la nariz. El cartílago se reventó, la sangre se desbordaba. Sus ojos se anegaban de lágrimas.

—¿Voluez-vous esto? McGowan perforó el tímpano izquierdo del dominicano con la delgada punta de acero inoxidable del pica hielos. Luego hizo lo mismo en el otro oído. McGowan sacó el picahielos.

—¿Encaja esto?

Hernández se desplomó contra MacGowan y él lo retiró cuando el otro comenzó a vomitar. Ahora Hernández se agarraba cada oreja. La sangre se escurría entre sus dedos, goteando sobre el piso de madera. Una cucaracha patas arriba fue arrastrada por las sangre hasta el borde del primer escalón. McGowan lo empujó hasta el borde de la ventana abierta.

—¡Por Favor!

Al final parecía reconocer a McGowan de su edificio. Estaba llorando ahora. Mocos, lágrimas y sangre fluían hasta su barbilla. Ciudad virulenta, pensó McGowan. McGowan lo empujó más atrás. Su cabeza rompió el vidrio del basculante superior. La mujer en el edificio vecino los vio, McGowan lo retiró de la ventana. Ella perdió pronto el interés.

—*Slan leat* (adiós)— Dijo McGowan y lo empujó a través de la ventana abierta. El grito fue interrumpido por el pesado y sordo golpe de cuerpo contra el inamovible metal de la escalera de incendios. McGowan sintió la vibración. Un agudo grito de mujer se alzó desde la calle. Ya lo había oído antes. McGowan descendió por las escaleras al húmedo día de agosto. Ahora le tenía noticias a John.

Traducido por Carlos Velásquez Torres

Otro más

—¿Dónde está?

   —Arriba.

   —Okay.

   Seguí al hombre. Me dolían las piernas.

   Estaba cansado.

   Últimamente estaba cansado todos los días; cansado de los interrogatorios diarios, las llamadas en el medio de la noche, las casas de seguridad, los bombardeos en alcantarillas, los cables-trampa, los helicópteros volando sobre nosotros, las balas perdidas, las explosiones prematuras, las balas de francotiradores que partían cuellos por la mitad, las balas de goma que pulverizaban las caras de los niños, las sangre fluyendo en el asfalto mojado, los elegantes contornos mortales de los AKs y los Armalites.

   Estaba cansado de los cuerpos en fosas, en los callejones, en los jardines, en los patios escolares, en las iglesias, en Long Kesh, en Ballymurphy, en las Cataratas, en el Shankill, en el sur de Armagh, en bolsas, en tumbas poco profundas, en edificios de apartamentos, en pescaderías, en dulcerías.

   Mis ojos estaban irritados por el humo de coches y edificios quemados, por el fuerte olor a gas lacrimógeno. Estaba harto del olor de las bombas mólotov y del olor al miedo. Este último siempre perduraba.

   Reconocí al tipo que vigilaba la entrada. Lo conocía de las Cataratas. Él me dio información detallada. La situación se veía mal. *Otro más.*

— Lo atrapamos in fraganti.

— Okay.

Él me abrió. Había estudiado esos ojos anteriormente.
Entré.

El prisionero yacía desplomado en una silla con una capucha sobre su rostro. Su cabeza estaba sobre la mesa. Finos riachuelos de sangre escurrían por debajo de su capucha y fluían por el borde de la mesa hasta tocar el suelo, gotas hermosas y brutales.

Le dije al guardia que le removiera la capucha y que saliera.

Él lo hizo. El rostro del prisionero estaba negro y azul, destrozado. Los mazazos hacen eso. Sus ojos estaban cerrados. Le faltaban mechones de pelo. Me di cuenta que estaban en el suelo cuando me senté. Tenía quemaduras de cigarrillos en sus mejillas como lunares siniestros. Tenía la nariz rota. Cada vez que respiraba, se formaban pequeñas burbujas de sangre en sus fosas nasales.

Su madre no lo reconocería. Su esposa no lo reconocería. Sus hijos no lo reconocerían. Probablemente él ni siquiera se reconocería a sí mismo.

El olor penetrante de la orina me dio ganas de vomitar.

Removí la mordaza en su boca. Olía mal. La saliva y baba se apozaron sobre la mesa. La limpié con la manga de su camisa, pero la sangre en su camisa dejó marcas sobre la mesa. ¡De puta madre! Sentí ganas de gritar. Sentí deseos de arrojarlo por la puta ventana.

Ét trató de gritar, pero no le salió ningún sonido.

Yo sabía cómo se sentía.

Traducido por Lara Rodríguez

Adiós Sean

Fui el primer nieto pero él era el más guapo.

Cada agosto, mi familia escapaba de Galway durante las vacaciones a la granja de mi abuela en Renbrack. Mi primo Sean nos llamaba para saludarnos el primer día caminando pesadamente sobre los prados de altas hierbas. Su fuerte contextura bruñida por el trabajo en la granja afligía mi cuerpo de niño acicalado de ciudad. Su fuerte acento rural abatía el mío, urbano y esterilizado. Mi abuela lo miraba desde la cocina en la parte posterior de la casa, admirándolo. Los celos y la angustia se restregaban contra mí.

Me burlaba de su marcado acento campesino y de sus toscas maneras. Su naturaleza física y su éxtasis del mundo se burlaban de mi tímida comprensión de la realidad. Su exuberancia era inalterable y natural, y me perturbaba –desplazando mis vectores de normalidad.

Pero su fuerte cuerpo no lo pudo proteger de un cáncer que le carcomió los suaves tejidos vulnerables bajo su axila y se le regó a través del rico entramado de capilares y vasos sanguíneos que transportaron el germen a sus jóvenes órganos.

Cuando murió, lo lloré con todo.

Nuestro pasatiempo favorito durante aquellas vacaciones de verano era sacar la pistola de mi tío de su carro mientras dormía hasta entrada la mañana. El tío Jack jugaba fútbol, balonmano y cartas durante toda la noche. Y siendo detective, su revólver de servicio estaba escondido bajo el asiento trasero de su Volkswagen Escarabajo blanco, que tenía una pátina roja grabada en el marco por algún oscuro e irreversible proceso de desgaste. Una noche se llevó por delante a una oveja mientras conducía a casa a través de unas estrechas y serpenteantes vías secundarias a medida que la neblina envolvía las colinas y la lluvia descendía en cascadas por el parabrisas y el capó. Me imaginaba que la mancha era de la sangre de un informante que habíamos ejecutado en una de las angostas carreteras que se entrecruzaban en el valle a nuestro alrededor.

Sean y yo nos la pasábamos al acecho de los vecinos que transitaban la vía, corriendo delante de ellos apuntándoles con la pistola y preguntando: "¿Quién anda ahí?", o a pedirles dinero bajo amenazas o constatando si eran Black and Tans o informantes.[29] Nos toleraban y seguían la corriente. No podían llamar a la policía porque nosotros éramos la policía, o al menos mi tío Jack lo era.

Durante el verano, hacíamos ejecuciones simuladas sobre el asfalto caliente de las carreteras de campo, tomando turnos para tumbarnos despatarrados e inmóviles, aspirando los vapores bituminosos. El verdugo revisaba el cuerpo dándole la vuelta a la víctima con el pie. Nos esforzábamos para que luciera auténtico. Algunas veces dábamos un golpe de gracia. Sentir el metal contra el cuello era un shock.

Otros días, recreábamos las ejecuciones en el lodazal cerca de la casa, derrumbándonos sobre la blanda turba margosa para quedarnos viendo sin parpadear la angosta y plateada franja de hierba algodonera a nivel de nuestros ojos.

Durante nuestros días sin excursiones, jugábamos al escondite. Nos tirábamos sobre la alta hierba crecida y escuchábamos a nuestros hermanos buscándonos. No nos movíamos durante

---

29 "Black and Tans": unidad compuesta por agentes de policía interinos, reclutados para asistir a la Policía Real Irlandesa ("Royal Irish Constabulary" –o "RIC"–, en inglés) en la lucha contra el Ejército Republicano Irlandés ("Irish Republican Army": "IRA") durante la guerra de independencia irlandesa. (Nota del traductor).

horas. Lo único que lográbamos ver bajo la maleza era los ojos de cada uno y nuestra comunicación silenciosa era que éramos distintos. Podíamos aventajar en la espera a los demás.[30] Podíamos resistir. Él me admiraba por ello y eso me hacía feliz.

Algunos días simulábamos que éramos indios y amarrábamos a nuestros hermanos a los postes del telégrafo y encendíamos pequeñas astillas de leña, heno y brezos bajo sus pies. Normalmente elegíamos a mi hermano y una vez no lo pude soltar a tiempo y sus zapatos (o, deberían ser, sus mocasines) se incendiaron y él comenzó a gritar y llorar. Finalmente, logré apagar el fuego. Conmocionado, mi hermano salió corriendo hacia la casa aún echando un poco de humo. Pronto se le desarrollaron tendencias pirómanas y causó el gran incendio de Galway que estuvo encendido durante tres días y noches, extendiéndose a la velocidad del rayo a través de los muelles y depósitos de madera hasta toparse con el granito del Hotel Great Southern. Luego de eso, se fue a la universidad para estudiar medicina y psiquiatría forense y se sentía feliz atendiendo a personas más traumatizadas que él.

Cuando el sol se ponía todo lo caliente que un sol de verano irlandés puede ponerse, nos echábamos de espaldas sobre los ásperos rastrojos de los campos de heno y protegíamos nuestros ojos del sol. Sean hablaba de fútbol y de las peleas de los "Boot Boys" de Castlebar y del clima y los terrenos baldíos y los reservistas de la FCA y de las vaquillas y los terneros y las putas cuotas para la leche y de muchachas mientras yo trataba de asimilar alguna cosa.[31] De vez en cuando, se sentaba y me miraba como si mi falta de respuesta fuera una curiosidad digna de atención, pero nunca me decía nada y simplemente

---

30 Juego de palagras intraducible al castellano: "outwit": "ser más listo", "outwait": "…en la espera". (Nota del traductor).

31 "Boot Boys": Subcultura juvenil que surgió en el Reino Unido entre las poblaciones obreras a fines los años sesenta, en reacción al movimiento hippie. Conocidos por su violencia, cabezas rapadas y sus botas rojas. También el nombre con el se llamaba a algunos "hooligans". FCA o *"Forsa Cosanta Áitiúil":* antiguo nombre del "Ejército de Reserva para la Defensa" irlandesa ("RDF", por sus siglas en inglés). (Nota del traductor).

se recostaba de nuevo y tarareaba canciones de los *Indians* o continuaba hablando de alguna cosa tangencial.

Su confianza en sí mismo me perturbaba. Me volví silencioso y temeroso ante su manera de abrazar la vida, mientras cada parte de mi cuerpo luchaba por permanecer calmada. No podía encontrar ningún aspecto de mi vida en que pudiera compararse favorablemente con la suya.

Cuando nos tumbábamos a orillas del Moy, con nuestros pies colgando en el agua, halados por la rápida corriente refrescante, compartíamos un silencio difícilmente explicable. El tenue ladrido de los perros al otro lado del río en Lismorane nos sosegaba. El lejano zumbido de los carros sobre las carreteras del otro lado del río nos arrullaba. Algunos muchachos que conocí habían muerto en ese río. Muchachos que se lanzaban en gráciles arcos desde el puente en Toomore, muchachos que se quebraban las cabezas contra las afiladas piedras ocultas, muchachos que se escurrían silenciosamente al atardecer en el profundo, profundo canal. Muchachos como yo.

Nuestro último agosto juntos, fumamos cigarrillos al atardecer echados sobre rocas cubiertas de brezo (nótese: un terreno perfecto para emboscadas). Los haces de las luces largas de los carros en la carretera de Foxford nos alcanzaban intermitentemente a través de los árboles que se mecían y nos cobijaban del frío de la noche. Quería que el humo de su cigarrillo dañara la piel perfecta de su cara. Tal vez este germen mental mío desencadenó el germen del cáncer que destruyó su cuerpo. Algunas veces me preocupo por eso. Nunca fue mi intención.

Todavía puedo sentir el ataúd mientras lo llevaba con sus hermanos desde la iglesia. Aún recuerdo la lluvia de mayo sobre mi cara y la fuerte llovizna azotando mis anteojos, las gotitas que se formaban sobre la madera barnizada de la tapa. La lluvia escondía mis lágrimas. Las manillas plateadas estaban resbalosas y me preocupaba que se me pudieran deslizar. Aún puedo escuchar la baja vibración del motor y sentir el olor de los vapores del diésel a medida que caminábamos lentamente detrás de la carroza fúnebre. Sus tres hermanas caminaban delante de nosotros, sus cuerpos frágiles y fatigados después de semanas de vigilia. Algunas veces miraban hacia atrás, hacia nosotros, y yo veía sus ojos y expresiones a través del retículo de cabezas y hombros.

Recuerdo el motor vibrando con más fuerza cuando iniciamos la empinada colina que llevaba del pueblo al cementerio. Los vecinos y amigos que estaban de pie al borde de la grama se quitaban sus gorras cuando pasaba el ataúd, en un fuerte impulso de respeto. Estos pequeños granjeros le dieron una bendición y un reconocimiento más solemnes que cualquier servicio eclesiástico. Durante las últimas tres yardas, sus hermanas se nos unieron para cargar el ataúd. Me recordaron a las hermanas de los huelguistas de hambre en Belfast cuando llevaban los restos disecados de sus padres e hijos al cementerio de Milltown.

Cuando llegamos a la entrada, la gente se acercó a darnos apretones de mano. Me sentí como un intruso que no tenía derecho a estar ahí y eso disparó de nuevo el temor de que mi envidia de niño se había tornado letalmente manifiesta.

Más tarde esa noche, mientras la familia y los vecinos tomaban whiskey Powers y amargo té negro, salí por la puerta trasera y caminé a través del prado entre su casa y el cementerio. Los perros ladraban advertencias en la distancia. Negras nubes cargadas de lluvia corrían por encima tapando la luna. El viento llevaba la promesa de lluvia. Cuando llegué a la tumba de Sean saqué la pistola del bolsillo de mi chaqueta. Disparé seis tiros al aire y los halos de los blancos destellos de la boca del cañón me cegaron. Los grajos se dispersaron en negras nubes desde la hilera de árboles sobre el cementerio, protestando, con reclamos agudos.

Sólo pude encontrar algunos de los cartuchos sobre la tierra antes de dejarlo ahí.

Traducido por Álvaro de Prat

El día de su cumpleaños

Salió de Belfast como a las dos de la madrugada.

Tráfico ligero.

Le gustaba conducir por la noche... sin carreras de escolares, sin prisa por la hora, sin viejos detenidos en las intersecciones desorientados por las luces de los semáforos; sólo el negro Opel Vectra navegando por las mareas de la oscuridad, consumiendo millas, el viento golpeando el chasis, los limpiaparabrisas barriendo la pesada lluvia del parabrisas hacia los oscuros bordes circundantes. El relajante zumbido de las llantas contra el asfalto mojado, las luces que se aproximaban inundando el interior del auto, buscándolo; el pujar máquina a máquina mientras adelantaba, desapareciendo en la lluvia y la oscuridad; luces traseras disolviendo salpicaduras de sangre en el espejo retrovisor; los vectores de sonido y velocidad y dirección intersectándose con los contornos borrosos y oscuros de los cercados y las paredes de piedra y los árboles.

La reflexión incorpórea de los instrumentos del tablero mantenían su paso fuera, orillándose, volando dentro. El aire frío de la noche colándose por la estrecha abertura en la parte superior de la ventana del conductor aguijoneándole la cara, manteniéndolo alerta, el silbante sonido de un lamento.

Pasó Newry, los reclutas contra los setos y las cercas de piedra, siguiéndolo con su vista, dedos rígidos desde la lluvia y el viento. Torres de observación altas bañaban la carretera con chocantes luces estroboscópicas. Seguro dentro de la República de Irlanda, él respiraba mejor; luego a través de Ardee y los abundantes pastales de Navan y Trim. Fuertes, castillos y monasterios, bosques, cementerios, patios escolares, torres de iglesias, grutas a la Virgen María, ganado descansando bajo los olmos.

A lo largo de las estrechas carreteras secundarias al centro de Dublín hacia la ruta de Galway, la superficie del macadán se quebraba en algunos sitios y se levantaba turba de la tierra y el carro rebotaba sobre la superficie desigual; una satisfactoria sobrecarga por su vientre, un satisfactorio ¡Eh! cuando aterriza y retoma el curso. En ruta, pasó Atholone; pasó un resbaladizo cruce donde se estrelló hace años, derrapando por la negra gravilla engrasada con lluvia y hojas, chocando con un barranco, escabulléndose por una carretera afluente. Imágenes y recuerdos de la cercanía de la muerte escritos en una notación pasada que él no puede descifrar. Los jeroglíficos de la muerte cercana grabados en él por siempre.

Pasó Ballinasloe, comarca de bandidos en el siglo XVIII, donde los bandoleros en caballos negros esperaban en sus refugios y se escondían tras altos robles irlandeses; un par de pistolas desenfundadas, adheridas a negros y largos abrigos y sombreros tricornios, acechando el sonido de altas ruedas contra el duro camino, aliento de los caballos empañando el aire, precipitándose de los escondites para asaltar a los carros de correo, a terratenientes y a magistrados.

Cerca del amanecer entró a Galway, los muelles del pasado, el peso de esforzados motores diésel de los barcos arrastreros alcanzándolo a través de la ventana abierta, sus luces de cabina amarillas, pálidas y difusas, oscurecidas por el bajo nivel de la niebla que se levanta del mar; el olor del agua salada relajándolo.

Pasó Salthill, pasó el Casino en Toft, el Prom, las colinas oscurecidas de Clare; bajas nubes de pesada lluvia afuera de la bahía Galway prometiendo aguaceros, inflamado olas que chocan contra los espolones del Prom; frondas despedazadas, lanzadas a la carretera como miembros de niños descuartizados. Pasó el Crescent, hogar de doctores y arquitectos cuyas sofisticadas hijas en uniformes de Taylor Hill alguna vez lo miraron con desdén. Pasó la avenida Palmyra donde el adolescente William Joyce vivía hasta que el IRA lo esperó una tarde oscura en la sombra de los árboles de la carretera Saint Mary para dispararle. Pasó el Hospital Regional donde una vez yació agonizante, viendo el atardecer del otoño, pero se recuperó. Luchó desde la oscuridad, desde lo profundo.

Pasó cerca de la contaminada plaza Eyre donde se extendió sobre le larga hierba de verano cuando la vida era fácil, cuando la vida se suavizaba al final del día. Ya nunca más.

Amanecía ahora y condujo calle abajo. La casa se veía igual. Se sentó a verla por un largo rato, el agua en Lough Atalia reflejando las nubes bajas. Se bajó. Emociones y recuerdos revoloteaban sobre él, caían sobre él trayéndolo de nuevo allí. Dentro de la casa, el papel tapiz estaba manchado por el tiempo. Los colores desteñidos, ahora perdiéndose; las habitaciones silenciosas. El piano, en la sala del frente parado en la sombra, enfundado en una cubierta de polvo. En la repisa de la chimenea había fotos enmarcadas de sus padres en el día de su boda, impresión monocromática, trajes, sin vestido de bodas, ambos hermosos, los dos destruidos ahora.

Su padre muerto, su madre debilitándose.

Cerró la puerta tras de sí y condujo a Athenry, al asilo. Todavía era temprano en la mañana. La niebla se aferraba a los campos. El sol delineaba las redes de rocío creadas en la noche. Condujo arriba por la larga avenida a la puerta frontal de la casa.

La vio en la puerta de vidrio mirando fijamente hacia afuera.

Ella saludó con la mano; lo hacía con todo el mundo.

Él había visto su alguna vez brillante inteligencia marchitarse. La había visto lavarse las manos en el inodoro. La escuchó llorar por las noches. Sintió su corazón palpitando de pánico cuando ella se despertaba sobresaltada lanzando gritos de angustia. La oyó al pie de la escalera mientras ella murmuraba sus plegarias en irlandés. La oyó en fortuitos parloteos sobre cosas sin trascendencia.

Salió del carro; llegó a la puerta y pegó su cara contra el vidrio.

Los ocupantes retrocedieron alarmados.

Eso no era raro desde que su cara era un archipiélago de cicatrices y puntadas de oreja a ojo. No lucía de lo mejor. El garrote de un guardia rebotando contra las Cataratas dio contra el frontón de la casa y lo golpeó. Se alegó control de multitudes. Esa cantina de leche que estaba cargando a casa para el té era obviamente sospechosa.

Lucía cuarenta puntadas, pero se salvó el ojo. Era sanguinolento y apretado por los profundamente amoratados tejidos rojinegros.

Su madre presionó su cara contra la suya en dirección opuesta al otro lado del vidrio. A ella no parecía importarle su aspecto.

Él tocó el timbre y la enfermera apareció.

Ella casi saltó cuando vio su distorsionado rostro.

Abrió la puerta y saludó.

—¿Usted está aquí para pasear a May en su cumpleaños?

—No. Nosotros vamos a la fiesta de graduación. —Dijo él.

La enfermera no se rio. Lo miró.

Él la miró de vuelta con lo que tenía.

—Ok May, —dijo con una voz amable. —Que tengas un buen paseo.

La enfermera le dio un abrazo a ella y tomó su mano mientras la conducía a la puerta.

Allí trataban bien a su madre. Él se coló una noche para vigilar. Sabían que ella les caía bien porque pensaba que todavía era una enfermera y podía ayudar haciendo las camas. Hacía la ronda con la enfermera jefe todas las mañanas como si estuviera de nuevo en los días de entrenamiento en la escuela de enfermería en Inglaterra.

Su madre le tocó el tejido rugoso alrededor de su ojo y lo hizo con cuidado profesional. Era el único gesto de ternura que podía obtener. Ella era una de las pocas personas que no se retiraba ante la piel arrugada y los puntos de sutura que recorrían su rostro de ojo a oreja.

—¿Qué pasó, Paddy?

Paddy era su hermano, que se marchó hace mucho, por mucho el favorito.

—Nada, Ma. Está bien. —Él le dijo.

—Te debes cuidar los ojos. Usa Optrex.

—Ok, Ma.

Él la llevó del brazo hasta el carro; se volteó y se despidió con la mano de los otros pacientes.

Algunos hicieron lo mismo, otros fruncieron el ceño y otros apenas miraron fijamente como malévolos perros guardianes.

Ella trató de sentarse en la silla del conductor.

Él trató de persuadirla de que se sentara en el lado del pasajero.

Tuvo que abrocharle el cinturón de seguridad porque ella había perdido esa habilidad hace años. Él sintonizó *Morning Ireland* para ella.

—Hola, Ma. Soy Jimmy. —Le dijo.

—Hola Jimmy.

—¿Me recuerdas, Ma? —Le dijo.

—¿Eres Paddy?

Ella lo olvida todo. Olvida su niñez y cómo caminaba descalza por los campos desde Renbrack a la escuela Callow; como se tiraba en la sombra en los días de verano y observaba a su padre guardar el heno; como golpeó una olla de agua hirviendo de la estufa que le derritió la piel de la espalda. Ella olvida también su adolescencia y la historia de su amiga Winnie Batlle muriendo sola por los campos del río; ella olvida los años que gastó en siendo enfermera en las salas abiertas de tuberculosis en Dublín y cuando montaba en bicicleta bajo la fuerte lluvia para curar a la clase trabajadora de Galway.

Ella olvida su nombre… su primer hijo

McGowan aceleró por la entrada de manera que no tuviera que pensar mucho. Él la llevaría al lago Callow cerca de donde ella creció. En las curvas cerradas ella se torcía y protestaba.

—¡Más despacio por el amor de *Jaysús*[32]!

McGowan amenazaba con vendarle los ojos. Ella se reía. Podía entender los chistes, lo que era extraño, pero era todo lo que entendía. Le tocó de nuevo el tejido amoratado.

—¿Qué te pasó Paddy?

—No es nada, Ma.

—Te deberías cuidar los ojos.

—¿Debería usar Optrex?

—Sí. El Optrex es muy Bueno.

Pasaron por Tuam y tomaron la carretera a Claremorris. El sol estaba tibio después de una noche de lluvia. El olor de los setos y campos se intensificaba a medida que el día se entibiaba. Se detuvieron por un helado después de cincuenta millas. Ella lo hacía muy bien pero él tenía que intervenir a veces para asegurarse de que no se le chorreara por el vestido, sin mencionar la hermosa tapicería del Opel Vectra.

Cuando llegaron al lago Callow, el sol de agosto calentaba, no abrasaba como un agosto en Nueva York. Los perros ladraban por el valle en las granjas lejanas de Renbrack; el sonido de los autos de la apartada carretera, un mantra. La superficie del lago era azul oscura, como el iris de su ojo bueno. El viento viniendo de Cullneachtain olía a brezos y a hierba recién cortada y a humo de césped. El viento producía rizos en la superficie del lago. Caminaron del brazo hacia el rellano.

Ella puso su pie en el agua; él le quito los zapatos justo a tiempo.

Los adolescentes de cuerpos bronceados saltaban desde un peñasco. Ella se sentó mirando a través del lago.

—¿Recuerdas este lugar? —Él le preguntó.

—Recuerdo haber sido feliz.

Ella comenzó a llorar.

Él miró para otro lado para que ella no lo viera. Él podía llorar todavía por los dos lagrimales. ¿Cómo puede ser esto justo? Pensó.

---

32   Manera irlandesa de pronunciar el nombre Jesús. Nota del Traductor

Estuvieron allí todo el día. Comieron la comida que él había traído y caminaron alrededor del lago. Ella incluso se acostó en un peñasco y durmió un rato bajo el sol. Dormir atenuaba sus arrugas de preocupación. Cerca del atardecer tomaron el té.

— Estoy cansada Paddy. ¿Puedo ir a casa ahora?

— Pronto, Ma.

Él le acarició la frente; su salvaje pelo irlandés se sentía como los arbustos de tojo a su alrededor. Cuando su respiración se redujo a un ritmo estable, él la cargo en brazos hasta el carro.

El sol de agosto se desvanecía sobre las colinas de Cullneachtain.

Detrás de ellos el lago Callow era un estanque negro.

Traducido por Carlos Velásquez Torres

www.ingramcontent.com/pod-product-compliance
Lightning Source LLC
Chambersburg PA
CBHW030530020726
47494CB00004B/1288